L’ultima spiaggia

Carmen Laterza

L'ULTIMA SPIAGGIA

Romanzo

Ispirato a una storia vera

LIBROZA

Titolo: **L'ultima spiaggia**

Libroza.com

In copertina © Misha Sotnikov / Shutterstock
Grafica e impaginazione a cura di Libroza

Prima edizione: maggio 2023

A mia sorella Angela,
che conosce e difende
il valore dell'amicizia

Voglio solo il mio braccio
sopra un altro braccio amico
e spartire con altri occhi
quello che guardano i miei.

Luis Cernuda

1

Pola, giugno 1946

«E dai, Zeno, vieni! Cosa fai là impalato?»

Alvise urlava tenendo le mani ai lati della bocca, indifferente alla spinta lieve delle onde che arrivavano alle sue spalle, gli accarezzavano le caviglie e andavano a morire sulla battigia. Zeno, fermo ai margini della pineta, non si decideva ad allontanarsi dal carro. Con la mano a visiera si riparava gli occhi dal sole e intanto guardava Alvise che, invece, come al solito, si era buttato in acqua prima di tutti.

«Alvise! Vieni fuori dall'acqua, che prima dobbiamo fare le squadre!» gridò a sua volta don Gabriele con i piedi scalzi sul bagnasciuga e una mano che alzava l'orlo della tonaca, lasciando scoperta la pelle lattea e i polpacci robusti.

Alvise uscì sbuffando e si diresse correndo verso Zeno.

«Mica puoi fare uno contro tutti!» gli disse l'amico ridendo.

«Se ti sbrigavi, eravamo in due» rispose Alvise con le braccia incrociate sul torace magro.

Ma il suo fare contrariato era tutto rivolto verso il gruppo dei compagni che continuavano a rincorrersi sulla spiaggia, indifferenti al gesticolare di don Gabriele che tentava di fare ordine chiamandoli a gran voce.

«Se va avanti così torniamo a casa prima di aver messo la punta dei piedi in acqua» fece Alvise.

E così dicendo portò le dita alle labbra ed emise un fischio talmente forte che trafisse l'aria e zittì istantaneamente il vociare dei bambini. Zeno gli diede una pacca sulla spalla che fece sorridere Alvise più ancora dell'espressione carica di gratitudine di don Gabriele.

Il parroco era alto, corpulento, con una pelata così ampia che il primo sole estivo trasformava puntualmente la sua testa in una preoccupante calotta rosso fuoco. Sul naso sottile portava un paio di occhialetti rotondi che in qualsiasi stagione toglieva compulsivamente per passare un fazzoletto sulle palpebre sudate, poi sulla fronte e giù verso la nuca sotto il collarino. Quel gesto non era sintomo di nervosismo, ma una necessità dettata da un certo affanno del cuore che lo affliggeva fin dall'infanzia e che si era aggravato durante la guerra.

Purché non si allontanassero dai banchi della chiesa, don Gabriele a quei ragazzini perdonava quasi tutto: l'allegra caciara, le dimostrazioni di forza, le spacconerie che, ai suoi occhi, più che mancanza di rispetto o indizio di trasgressione, erano i peccati veniali di una giovinezza sana e traboccante di energia. Tuttavia ogni tanto capitava che perdesse la pazienza e allora si metteva a brontolare in un dialetto bellunese strozzato e velocissimo, che gli anni di seminario a Venezia avevano smussato. Ma, trattandosi di eventi rari, quegli sbotti si mostravano subito risolutivi e consolidavano la convinzione del sacerdote che i suoi parrocchiani fossero tutti di pasta buona.

«Sia lodato Gesù Cristo» disse don Gabriele davanti ai bambini finalmente quieti, e la sua era più un'espressione di sollievo che un saluto, pronunciata aprendo le braccia in un gesto di bonaria accoglienza.

«Sempre sia lodato» rispose in coro il gruppo attento.

«Bene, bene, bravi» fece don Gabriele riprendendo fiato.

«Io mi metto con Zeno!» disse forte Alvise appoggiando

una mano sulla spalla dell'amico e passandosi l'altra tra i capelli scuri e foltissimi che gli davano un'aria un po' più grande dei suoi undici anni.

«Posso venire anch'io?» cinguettò Daniele, che non voleva mai allontanarsi troppo da suo fratello Zeno, e non solo perché giocare con lui e Alvise significava mettersi con i più forti, ma perché, ai suoi occhi, anche perdere con il fratello era sempre meglio che vincere contro di lui.

«Facciamo pallanuoto o pallavolo?» chiese Lorenzo senza togliere gli occhi da Alvise.

Tutti si zittirono e quasi trattennero il fiato. Zeno guardò Alvise, in attesa di una sua risposta.

«Pallanuoto» proclamò Alvise senza esitazione.

Subito il gruppo fu scosso da un fremito e il brusio appena zittito ricominciò a gonfiarsi.

«Aspettate, aspettate» si precipitò a dire don Gabriele agitando le mani sopra le loro teste.

«Le regole gliele spieghiamo noi ai più piccoli» disse Zeno, appoggiando una mano sulla spalla di Daniele.

«Nicolò sa già tutto» disse Alvise strizzando l'occhio a suo fratello.

«No, no, aspettate» riprese don Gabriele. «Dopo giochiamo, ma prima devo dirvi una cosa importante» e li guardò tutti sorridendo e con le braccia aperte per richiamare la loro attenzione.

Servì che i grandi tacessero perché anche i più piccoli si mettessero ad ascoltare, dandosi però qualche spintone, dicendosi qualcosa all'orecchio, e arrendendosi infine all'evidenza di dover rimandare a dopo quello che invece sembrava urgente subito.

«Ho una cosa importante da dirvi» ripeté don Gabriele. «E se state buoni, se mi lasciate parlare, vedrete come sarete contenti!»

Zeno e Alvise si avvicinarono al parroco; immediatamente anche Lorenzo fece un passo avanti e quel movimento si ripercosse su tutto il gruppo, che si strinse un po' di più intorno alle sottane del sacerdote.

«Quest'estate, bambini miei, c'è un avvenimento in più oltre ai nostri pomeriggi al mare.»

I bambini lo guardavano incuriositi e don Gabriele non volle rinunciare a quell'attenzione assoluta e li lasciò un po' con il fiato sospeso.

«Quest'anno» riprese abbassando il tono di voce con fare cospirativo, «potrete non solo divertirvi, ma anche mettervi alla prova.»

«Metterci alla prova?» ripeté Alvise sempre più teso.

«Proprio così. Il 18 agosto si terrà qui la Coppa Scarioni. Una gara importante, rinomata e sempre attesissima!»

«Una gara di cosa?» chiese Lorenzo.

«Una gara di nuoto e tuffi» spiegò don Gabriele.

«Qui a Vergarolla?» si stupì Zeno e, senza davvero cogliere di cosa si stesse parlando, gli sembrò di vedere quella spiaggia a lui tanto familiare con occhi del tutto nuovi.

«Sì, qui, qui» annuì don Gabriele con grandi movimenti della testa. «E già questa, dopo tante tribolazioni, è una grande notizia. Ma non è tutto.» Ormai non fiatava più nessuno. «Quest'anno ricorre anche il sessantesimo anniversario della fondazione della nostra benemerita società sportiva, la Pietas Julia. Una vita lunga, valorosa, che dobbiamo celebrare con il dovuto fasto.»

«Festa?» chiese Daniele.

«Fasto» gli ripeté Zeno piano. «Vuol dire che vogliono fare le cose in grande.»

«Le cose in grande, proprio così» gli fece eco don Gabriele. «Quest'anno, infatti, per la prima volta ci saranno anche gare di nuoto per i bambini.»

«Possiamo partecipare anche noi?» sbottò Alvise incredulo.

«Certo!» disse allegro don Gabriele. «Cominceremo con le batterie eliminatorie, poi una bella finale. E per concludere il podio con la coppa e le medaglie. Potrete partecipare per i cento metri stile libero e i cento metri dorso.»

«Quanti sono cento metri?» chiese Nicolò.

«Da là fino al pontile e ritorno» fece don Gabriele puntando un dito prima verso il mare aperto e poi verso il piccolo molo che dallo stabile della Pietas Julia si allungava nell'acqua.

I bambini si allinearono sulla riva, immaginandosi già di essere immersi nella sfida, tra boe galleggianti e barche e grida di incoraggiamento.

Per un attimo nessuno parlò. In quel momento risuonò lungamente la sirena grave di un piroscafo che usciva dal porto di Pola, mentre un nugolo di gabbiani strideva intorno a un peschereccio.

«Vinciamo noi di sicuro! Cosa scommetti?» fece Alvise guardando Zeno.

«Mi raccomando, bambini» riprese don Gabriele, «come ho detto si tratta di una festa, un momento di gioia da condividere, un evento all'insegna dell'amicizia. Deve regnare un sano spirito di competizione, senza rivalità, o invidie. Chi vince non conta, conta stare insieme...»

Ma, nonostante il tono grave, le mani giunte davanti al petto e la fronte imperlata di sudore, più nessuno ascoltava le raccomandazioni di don Gabriele e i bambini si raggruppavano per tre o quattro come se volessero mettere a punto raffinate strategie di gara.

«Io dico lo stesso che vinciamo noi» sussurrò Alvise a Zeno. «E anche se perdo, mi basta arrivare prima di lui» aggiunse, alzando il mento verso Lorenzo.

«Lorenzo non è capace di nuotare per tutto quel tratto. E se ci prova, lo tengo fermo io per i piedi.»

«Giusto! Tanto lui sa solo fare il vanitoso con il maestro.»

In quel mentre si avvicinarono a loro Sergio e Bruno, il primo un ragazzino alto e smilzo, con i capelli biondi spazzolati all'indietro, il secondo più basso e robusto, con la carnagione scura e un sorriso allegro che scopriva una fila di denti piccoli e bianchissimi.

«Se c'è qualcuno che può batterlo sei tu, Alvise» disse Sergio, dando una pacca sulla spalla all'amico in segno di intesa.

«Io non mi ci metto neanche!» rise Bruno, che in acqua ci entrava di malavoglia e solo quando non ci si allontanava troppo dalla riva.

«Batterò lui e tutta la sua banda di lecchini» disse Alvise fra i denti.

Lorenzo, intanto, se ne stava poco distante, seduto sui vecchi fusti accatastati lungo la spiaggia, circondato dai suoi amici di sempre, e da lì ricambiava lo sguardo ostile di Alvise.

«Io dico che Lorenzo neanche ci prova» commentò Sergio.

«Ma a te, perché ti sta così antipatico?» chiese Bruno con tono ingenuo.

«Si crede chissà chi» rispose Alvise facendo spallucce.

Poi corse verso l'acqua, seguito da Nicolò che gli gridava di aspettarlo.

Più nessuno pensò di giocare a pallanuoto. Zeno non si decise a entrare in acqua e non accontentò Daniele, che voleva andare nella pineta a raccogliere le pigne per i suoi lavoretti. Alvise giocò in modo disordinato con chi capitava, nuotò a lungo da solo, poi tornò da Zeno quando ormai era tempo di rientrare e con movimenti bruschi si infilò la maglietta troppo lunga sui calzoncini bagnati. Erano entrambi silenziosi e assorti, mentre il sole allentava la morsa e allungava le ombre sulla spiaggia, rendendo più intenso il colore del mare.

Quando don Gabriele li chiamò a raccolta, tutti i bambini salirono sul carro della parrocchia con il quale erano arrivati e si sistemarono uno accanto all'altro, i capelli duri di salsedine, le spalle rosse e la ghiaia fine dentro le scarpe.

Zeno seguì Nicolò e Daniele, dietro arrivò Alvise, poi Sergio e Bruno. Il carro si rimise sulla strada sfiorando due ragazzine che si tenevano per mano.

Perso nei suoi pensieri, Alvise guardò quella più alta, sottile come un giunco e con i capelli ambrati e ricci, tenuti fermi sulle tempie da due forcine invisibili e poi legati in una treccia lunga fino a metà schiena. Alvise la fissò intrigato perché era certo di non averla mai vista, né a scuola né per le strade del paese. Lei di rimando gli sorrise allegra, ma lui, impreparato a quella spavalderia, sgranò gli occhi con espressione stupita.

«Ehi, ti sei incantato?» rise Zeno dandogli una gomitata.

Alvise si girò di scatto senza rispondergli e la ragazzina, continuando a sorridere divertita, posò lo sguardo su Zeno.

«Monica, smettila!» disse l'altra bambina con un'espressione confusa, quasi arrabbiata, strattonandola per la mano. «Cosa guardi i maschi così? Dopo vengono a darci fastidio.»

«Ma va' là! Mollami» rispose Monica in una risata e scostandosi un po'.

«E quella chi è?» chiese Zeno agli amici, mentre il carro si allontanava lasciandosi le bambine alle spalle.

«È la cugina di Elena. Si chiama Monica» intervenne Sergio, attirando su di sé gli sguardi degli altri. «È la figlia dei Rocchi.»

«Chi?» dissero in coro Zeno e Alvise.

«I Rocchi, quelli nuovi. Sono arrivati da poco da Pisino.»

«E tu come fai a saperlo?» chiese Alvise con tono brusco.

Sergio alzò le spalle, improvvisamente a disagio di saperne così tanto più di loro.

«Sono quelli della nuova bottega di alimentari. Quella là sul corso, vicino al ferramenta» disse infine, credendo che Alvise fosse ancora in attesa di una risposta.

«Vabbè. Magari è simpatica» si accontentò di rispondere lui con indifferenza.

2

Ottavia aprì le imposte a una a una lasciando entrare in casa la luce dorata e l'aria tiepida del tardo pomeriggio. Si fermò sul terrazzo del soggiorno, ispezionò le fioriere, sfiorando con le dita i petali rossi dei gerani, guardò in strada, lungo la penombra polverosa dei portici e poi giù fino alla piazzetta. Sapeva che i figli sarebbero arrivati da quella parte, perché don Gabriele li portava fino al sagrato della chiesa e da là dovevano tornare a casa dritti. Lasciò le finestre spalancate e chiuse invece con un gesto secco le tende leggere che subito si gonfiarono per la corrente d'aria che si era creata attraverso l'appartamento.

Ottavia riprese in mano il libro che era rimasto abbandonato sul tavolo e sfilò dalle pagine la cartolina che Rosalba le aveva mandato da Venezia. Ancora una volta si soffermò a osservarla: uno specchio d'acqua quieta che inondava la città, il leone di San Marco alto contro il cielo color seppia, i portici scuri che si riflettevano sulla piazza liquida. La sorella aveva fatto quel viaggio come un pellegrinaggio, per ringraziare il cielo che la guerra non gli avesse preso Maurizio, ma si era innamorata a tal punto della città da progettare di tornarci presto e viverci definitivamente. Un po' c'entrava anche il fatto che la famiglia di Maurizio veniva dalle parti di Chioggia e lui non si era mai davvero sentito a casa là, in Istria, e ancora meno adesso che la situazione era diventata così tesa e confusa.

L'imponente orologio a pendolo suonò le sette e Ottavia trasalì. Inserì la cartolina nel punto in cui aveva interrotto la lettura, chiuse il libro e, lisciandosi la gonna leggera, si avviò a passo svelto in cucina. Non aveva finito di pulire le bietole che udì un trambusto sulle scale e poi sul pianerottolo. Zeno e Daniele entrarono in casa come furie, lasciarono cadere la sacca con l'asciugamano, chiusero con una spinta la porta pesante e la chiamarono a gran voce pur vedendola là davanti a loro, in piedi sull'uscio della cucina, che si asciugava le mani su uno strofinaccio.

«Mamma! Mamma!» continuava a gridare Daniele mentre con gesti scomposti si toglieva le scarpe e le si buttava contro abbracciandole le gambe.

Ottavia rideva e intanto accarezzava la testa del figlio e, chiudendo tra le mani il suo visino accaldato, gli stampò un bacio in fronte zittendolo per un attimo.

«Allora, cosa succede?»

«Ci saranno delle gare bellissime!» esclamò Daniele guardandola dal basso.

«Delle gare? Che gare?» chiese lei guardando anche Zeno.

«La Coppa Scarioni. Il 18 di agosto» fece lui. «Don Gabriele ci ha detto che possiamo partecipare anche noi bambini.»

«Cento metri stile libero e dorso» aggiunse Daniele. «Alvise dice che vinciamo noi.»

«Certo che vinciamo noi!» esclamò Zeno. «Ci alleneremo per tutta l'estate. Diventeremo fortissimi.»

«Fortissimi!» urlò Daniele alzando le mani in un gesto di prematuro trionfo.

«Tanto quella distanza lì la sappiamo già fare. Basta che diventiamo più veloci.»

Senza smettere di parlare, preso da una specie di impazienza, Zeno andò a passi lunghi fino al terrazzino del soggiorno, si sporse appena guardando in basso, poi subito rientrò e si mise a girare intorno al tavolo grande con la mano che saltellava da una spalliera all'altra delle sedie.

«Un bell'impegno» commentò Ottavia, poi si voltò e tornò in cucina.

Intuendo la mancanza di entusiasmo della madre, Zeno la seguì.

«Cosa c'è?» le chiese entrando nella stanza dietro di lei.

«Devi chiedere il permesso a tuo padre» fece Ottavia rimettendosi al lavello.

«Sì. Va bene. Glielo chiederò» rispose Zeno sempre in allerta.

«E poi vedremo se quel giorno potrà accompagnarci» continuò lei senza smettere di affondare le bietole nella coppa piena d'acqua.

Zeno si lasciò cadere su una sedia in un moto di plateale delusione, amplificato da Daniele che scivolò lungo la parete finendo seduto per terra.

«Beh, allora...» disse Zeno, e c'era tanta contrarietà in quelle due parole che Ottavia si fermò e gli piantò addosso lo sguardo come per metterlo in guardia dal mostrarsi insolente.

«Non potete andare da soli» fece lei, spostando lo sguardo da Zeno a Daniele, che la guardava dal basso con il mento appoggiato alle ginocchia ancora grigie dei giochi sulla spiaggia.

«Ma tanto lui non potrà» fece Zeno con voce spenta. «Lui non può mai.»

«Sei ingiusto» lo ammonì la madre. «Domenica scorsa siamo andati a mangiare un gelato tutti insieme.»

«Vabbè, mamma, erano solo due ore» protestò Zeno. «Qui sarà una giornata intera!»

Ottavia non rispose. Sapeva che Giuseppe prendeva pochi permessi, voleva essere sempre reperibile e quando non era in sala operatoria o in corsia, partecipava a riunioni interminabili per l'ammodernamento dell'ospedale. Lei non se ne lamentava né con gli altri né con sé stessa ma, più Zeno cresceva, più si ritrovava a dover difendere il marito agli occhi del figlio, sorprendendosi sinceramente che Zeno protestasse per una realtà che era sempre stata così e che lei riteneva immutabile.

Ottavia e Giuseppe si conoscevano da quando erano bambini. Ottavia era cresciuta più in fretta di tutti e durante l'adolescenza svettava sui compagni superandoli di quei quindici interminabili centimetri che cercava disperatamente di nascondere, adottando una postura innaturale e goffa, con le spalle chiuse in avanti e la testa un po' piegata di lato. Giuseppe, invece, aveva sempre dimostrato meno della sua età: mingherlino come Daniele e con i capelli di un bel biondo scuro come Zeno, si accontentava di guardare Ottavia da lontano, tanto ne era impressionato, e la distanza dei loro corpi suscitava in lui lo stesso disagio insormontabile che affliggeva lei, relegata nelle ultime file della classe e nei posti laterali in chiesa.

In seguito, la distanza tra di loro era aumentata con l'aumentare dei chilometri che li separavano, quando Giuseppe era partito alla volta di Trieste per studiare Medicina e Ottavia si era rassegnata a trascorrere lunghi anni di solitudine accanto a genitori già anziani. Tornato a Pola con la laurea e la specializzazione in tasca, Giuseppe, ora diventato il dottor Frattini, aveva però trovato il coraggio di farle la corte e Ottavia si era innamorata perdutamente, ben prima di riconoscere in lui il ragazzino emaciato che andava a scuola con i pantaloni corti anche a dicembre e i capelli sempre rasati per scampare ai pidocchi.

Ottavia non si era mai chiesta se i propri sentimenti fossero più simili alla gratitudine o all'amore perché, comunque stessero le cose, aveva trovato in Giuseppe non solo un compagno e un marito, ma anche un punto di riferimento e un modello. Di lui amava anche le ambizioni, la cocciutaggine, le notti in bianco, lo slancio verso gli altri che, sottraendolo alla famiglia, rendeva il suo ruolo nella società indispensabile e valoroso.

«Hai ragione» disse Ottavia sedendosi davanti a Zeno e prendendogli le mani, «vostro padre non può stare con noi quanto vorremmo, né quanto vorrebbe lui. Ma fa un lavoro importante, lo sai. Lui fa del bene agli altri.»

«E noi, allora? Non ci meritiamo un po' di bene?» disse Zeno a denti stretti.

«Non dire così» lo zittì subito lei. «Sai bene che non ci manca nulla e il benessere in cui viviamo, lo vedi, anche questo è frutto del lavoro di tuo padre.»

Zeno, scontento, ritirò le sue mani da quelle della madre e si spinse ancora più in fondo alla sedia mentre Daniele, alzatosi in piedi, non sapeva decidere chi dei due andava consolato e stava là ad ascoltarli serio.

«E poi lui lavora anche per darvi l'esempio!» esclamò Ottavia con la voce che si impennava verso un timbro leggermente più alto, come ogni volta che si metteva a parlare dei grandi valori che dovevano guidare la loro vita, allontanandosi irrimediabilmente dalle velleità più contingenti dei figli.

«Io non voglio diventare un medico» disse Zeno risoluto, già sapendo dove sarebbe andata a parare. «Se tutti i medici fanno questa vita qua!»

«Per fare del bene non bisogna per forza essere dottori» gli sorrise Ottavia. «Ci sono tanti altri modi, tanti mestieri, tante professioni. E il lavoro di vostro padre vi dà questa possibilità.»

«Quale?» mugugnò Zeno.

«Quella di studiare, di frequentare scuole importanti» fece Ottavia drizzandosi contro lo schienale, spinta non dalla vanteria, perché tutto era ancora da fare per loro, ma da un'ambizione nuova per lei, quella proiettata tutta intera sulla vita dei figli.

«Scuole importanti...» disse piano Zeno.

«Potreste diventare avvocati, per esempio, e battervi per i valori giusti, difendere i più deboli. Oppure diventare come quei grandi giuristi che adesso scriveranno la Costituzione» si infervorò Ottavia.

«Oppure ingegneri...» continuò Zeno.

«Certo! E costruire case bellissime» fece la madre.

«E ponti e ferrovie» la incalzò Zeno.

«Muratori e falegnami!» disse Daniele a gran voce.

«Come Alvise» sorrise Zeno.

«Voi avete la possibilità di studiare» intervenne Ottavia diventando più seria, «di andare avanti nella vita.»

«Tutti vogliono andare avanti» si rabbuiò Zeno. «Anche Alvise. Ma a lui non glielo lasciano fare.»

Ottavia tacque per un attimo aspettando che il figlio smettesse di battersi contro evidenze che la vita gli avrebbe comunque imposto.

«Bisogna accettare il proprio destino» mormorò infine. «L'unica cosa che possiamo fare è cercare di ottenere sempre il meglio con quello che la vita ci dà.»

Zeno arricciò il naso, scostò la sedia con un movimento brusco e sbuffando uscì dalla cucina.

3

Alvise e Nicolò si lanciarono di corsa nella penombra umida delle scale, salirono ridendo le rampe strette e ripide senza neanche riprendere fiato sui pianerottoli angusti. A ogni piano si fronteggiavano un paio di porte di legno scuro; sul muro tra le due si trovavano i rispettivi campanelli di bachelite e una finestrella alta che sputava dentro un po' di luce sporca.

Il loro appartamento al quinto piano si affacciava sulla strada e, nonostante quella sistemazione fosse migliore di tante altre, perché approfittava della luce del sole e del profumo resinoso dei cipressi poco distanti, a Rita sembrava che la casa mancasse di decoro e non faceva che pulire tutti i giorni ogni stanza con cura maniacale.

Solo i mobili della camera matrimoniale, che Sebastiano aveva costruito appena aperta la bottega, erano per lei una quotidiana fonte di orgoglio: pannelli massicci di noce con medaglioni di peltro incastonati, una cassettiera alta sormontata da uno specchio lungo, i comodini stretti con un piano di marmo che Rita faceva brillare con l'acqua tiepida e un panno di lana.

«Mamma! Mamma!» gridò Nicolò spalancando la porta.

«Cosa c'è da urlare così?» gli rispose Rita seduta in cucina con i ferri da maglia in mano.

«Ci saranno delle gare di nuoto ad agosto, l'ha detto don Gabriele. E noi vinceremo!» rispose Nicolò concitato.

«Che gare?» chiese lei alzando appena la testa e senza smettere di esaminare il calzino che prendeva forma tra le sue mani, tirando la maglia e ricontando a voce bassa il numero di giri che aveva fatto per il tallone.

«La Coppa Scarioni» iniziò a raccontare Alvise. «Quest'anno possiamo gareggiare anche noi, e vedrai che lezione che gli diamo a quelli là.»

Rita lo guardò con la fronte aggrottata e quel fare tutto suo di pesare gli eventi senza mai lasciarsi andare a un facile entusiasmo.

«Quindi tu dai per scontato che tuo padre sarà d'accordo» disse senza sorridere, mettendo fine alla valanga di dettagli che Alvise, Nicolò o i due all'unisono continuavano ad aggiungere.

Alvise si zittì all'improvviso e rimase in piedi, piantato davanti alla madre.

«Di certo con i voti che hai preso a scuola non ti sarà facile convincerlo» continuò lei riprendendo a lavorare.

«Ma sono stato promosso...» si difese debolmente Alvise, ben sapendo che quel risultato l'aveva ottenuto così penosamente e a capo di una litania talmente lunga di rimproveri e minacce e punizioni che rinunciò subito a difendere oltre la propria causa.

«Hai preso la licenza, sì» gli concesse la madre, ma il tono della sua voce – Alvise lo sapeva – mostrava un miscuglio inestricabile di sottintesi e disapprovazione che lasciavano poco spazio alla discussione.

«Se non partecipo anch'io, Zeno non vince» cercò di insistere Alvise.

«È vero, mamma!» sbottò Nicolò in difesa del fratello. «Alvise è il più forte e, senza di lui, Zeno come fa?»

Dotato di un temperamento allegro e di una tenera ruffianeria, Nicolò si permetteva con Rita una prossimità che nei tentativi di Alvise, più brusco e impaziente, diventava insolenza e goffaggine.

«Beh, Zeno dovrà imparare a cavarsela da solo, adesso che va alle medie» disse Rita con durezza. «Tanto vale che cominci subito.»

Quindi smise di sferruzzare, appoggiò le mani in grembo, e pensò quello che pensava sempre in quei casi: e cioè che chi aveva tanto non aveva il diritto di lamentarsi di non avere tutto.

Sebastiano aveva perfino alzato le mani su Alvise negli ultimi mesi, per spronarlo dalla sua svogliatezza; poi gli aveva fatto la morale, gli aveva detto che bisogna capire il mondo e imparare a pensare, se non voleva che gli altri pensassero al posto suo. Insomma, aveva usato il bastone e la carota. Ma il temperamento nervoso del figlio non si era piegato né all'uno né all'altra, accontentandosi di andare in classe ogni mattina di malavoglia. E davanti agli scarsi risultati scolastici di Alvise, Rita aveva dapprima guardato svanire le sue vaghe speranze di riscatto e poi, accantonate ambizioni e amor proprio, aveva provato un sollievo di cui ancora si vergognava. Perché di soldi, per farlo studiare, non ce n'erano, e sgridare il figlio adesso era più facile che deluderlo poi, chiudendo un giorno le strade che l'intelligenza avrebbe potuto aprirgli.

«Cosa c'entra?» sbottò Alvise. «Io e Zeno siamo amici lo stesso, anche se lui va alle medie e io no!» disse con convinzione, ma sapeva che non sarebbe bastato impuntarsi per convincere la madre.

«Chissà...» rispose Rita, riportando gli occhi sul calzino che aveva tra le mani e i pensieri alle sue frustrazioni di sempre.

Rita sapeva benissimo che il benessere non era uguale per tutti, che tanti fingevano di averlo, sacrificando ogni cosa sull'altare delle apparenze, e che stare bene un giorno non voleva dire avere successo per sempre, come la guerra aveva tragicamente insegnato a tutti loro. Eppure, si sentiva irrequieta e delusa, e appena qualcuno usciva dai palazzi scalcinati della periferia per andare a vivere in un quartiere più signorile, lei ne parlava come se fosse morto.

«Zeno è figlio di un dottore. Tu sei il figlio del falegname» disse infine, come per ridurre all'evidenza tutto il marasma dei suoi pensieri.

«Vedrai» rispose Alvise rabbioso. «Niente potrà separarci!»

Le distanze sociali che la madre gli indicava come incolmabili per lui erano una cosa da nulla rispetto alla forza dell'amicizia che lo legava a Zeno.

«Ora che la guerra è finita, se Dio vuole, il lavoro sta di nuovo aumentando per tuo padre» tagliò corto Rita. «E tu avrai il tuo bel da fare in bottega con lui. Zeno dovrà studiare sui libri, ma anche tu avrai tante cose da imparare, eccome!»

Alvise non aveva voglia di pensare a quel futuro così prossimo eppure così diverso dal suo presente ma, ascoltando la madre, gli tornò in mente l'ultimo giorno di scuola, quando Zeno, davanti ai risultati degli esami di fine anno, era rimasto là, sorridente, a ricevere le lodi del maestro. Da una parte il padre, dall'altra Lorenzo, e tutti a parlare del suo futuro, delle scuole medie, e poi del liceo e via via fino all'università.

Alvise aveva visto il maestro dare leggere pacche di soddisfazione sulla spalla di Zeno, mentre si complimentava con il dottor Frattini per i voti di suo figlio. E il dottore annuiva sorridente, con il cappello a tesa larga, la giacca troppo pesante per la stagione aperta sulla camicia immacolata e un portamento eretto che faceva sembrare il maestro piccolo e gracile.

Alvise era rimasto piantato vicino al cancello, senza osare avvicinarsi, senza decidersi a partire. Non si voleva nascondere ma gli era sembrato che, vedendolo in disparte, Lorenzo si fosse messo a parlare più forte: le scuole medie in fondo al corso, il portone grande come quello di un castello, le aule con le stufe, il campetto da calcio, i libri di latino, le ore di canto. Zeno aveva riso e, senza capire perché, Alvise ne aveva provato un senso di solitudine e abbandono così forte che gli occhi gli si erano riempiti di lacrime.

E ripensandoci ora, mentre se ne stava in piedi e con i pugni stretti davanti alla madre che gli annunciava la fine della sua amicizia con Zeno, Alvise sentiva di nuovo un nodo in gola, come un senso imminente di disfatta.

Poi, però, quel giorno Zeno si era girato, l'aveva visto che disegnava un arco con la punta della scarpa sulla ghiaia sottile ed era corso da lui, lasciandosi Lorenzo alle spalle. Alvise non aveva alzato subito la testa e, prima ancora di guardare Zeno, aveva lanciato un'occhiata vittoriosa a Lorenzo, che li fissava da lontano con espressione imbronciata.

«Zeno è mio amico» ribadì ad alta voce Alvise alla madre.

Ma lo disse più per sé stesso che per lei, come antidoto alla preoccupazione che sentiva crescere dentro e al senso di colpa per aver dubitato di Zeno.

Dalle finestre aperte arrivava il rumore lontano della città e quello più vicino del palazzo, le stoviglie, il chiamare forte di una donna a cui rispondeva una voce di bambino dallo spiazzo incolto e arido che tutti chiamavano cortile. Nicolò si era seduto accanto al fratello, con il mento appoggiato sulle mani e le gambe che ciondolavano avanti e indietro. Arrivò nitido il rumore di ferraglia di una bicicletta che avanzava piano tra le buche dello stradone. Rita smise di lavorare, sistemò i ferri in un cestino appoggiato ai suoi piedi e si alzò in fretta, sistemando il grembiule sui fianchi robusti.

«È arrivato vostro padre.»

Nicolò corse alla finestra e Alvise vide il fratello fare gesti larghi con le braccia, come un naufrago che chiede aiuto, ma senza chiamare a gran voce perché tanto suo padre guardava in su già da lontano. Poi Sebastiano appoggiò la bicicletta al palo della luce e chiuse il lucchetto.

La giornata di lavoro era finita.

4

La sera aveva già spento gli ultimi riverberi dorati di una giornata inzuppata di calore. Le finestre spalancate dell'appartamento lasciavano entrare un alito mite che portava con sé i sentori balsamici dei cipressi, mescolati al profumo vivo della menta che Rita lasciava crescere sul davanzale. Salivano dal cortile voci giocose di bambini, le risate di un gruppo di ragazzi stretti a fumare intorno a un unico lampione e la voce forte delle madri che, una dopo l'altra, ordinavano ai figli di rientrare.
Rita si affacciò a guardare le luci lontane del porto, accompagnate dal suono attutito delle sirene, e il cielo zebrato da nastri lunghi color porpora. Poi guardò in basso e vide Sebastiano infilarsi nel palazzo con un'andatura inquieta.

«Vostro padre è nervoso stasera. Non fatelo arrabbiare» disse Rita rivolgendosi ai figli con tono severo. «Andate di là e datevi una ripulita.»

Nicolò tentò di protestare, ma Alvise lo tirò a sé e lo trascinò lungo il corridoio. Quando il padre era di cattivo umore, era meglio stargli lontano, perché di certo non avrebbe voluto sentir parlare di feste e di gare.

E infatti, una manciata di secondi dopo, Sebastiano irruppe in casa con foga, senza lasciare a Rita nemmeno il tempo di aprirgli la porta.

«Un mucchio di codardi!» sbottò Sebastiano sbattendo *L'Arena* sul tavolo. «Servi di Tito, ecco cosa sono! Si danno arie da patrioti, ma quando si arriva al dunque si tirano indietro, come conigli.»

Rita lo seguì in cucina, lo guardò afferrare una sedia con un gesto brusco, sedersi pesantemente e stendere sotto il tavolo le gambe nervose. Sapeva che non c'era bisogno di fare domande, perché Sebastiano avrebbe riversato ogni particolare della sua irriducibile contrarietà, indifferente alle finestre spalancate, alle orecchie sempre attente dei vicini e allo sguardo inquieto della moglie.

«I mesi passano e quelli fanno finta di non vedere che servi siamo e servi resteremo!»

Sebastiano non trovava pace: sbatteva la mano grande sul giornale aperto davanti a sé, si passava le dita tra i capelli folti che portava pettinati all'indietro e corti sulla nuca abbronzata. La mascella contratta, il collo teso, la fronte corrucciata: tutto in lui tradiva la sua indignazione che – Rita lo sapeva – poteva affievolirsi solo se prima trovava lo spazio di divampare, e zittirla sarebbe servito solo a farla durare per giorni, intrisi di amarezza e malumore.

«Bisogna resistere, agire, tirare su la testa» continuava Sebastiano, scandendo le parole con movimenti netti della mano. «E invece Stefano, Candido e Jacopo... Niente! Se non li conoscessi da quando erano alti così, penserei che sono titini.»

«Se Candido è titino, io non mi chiamo più Rita» rispose lei con un sorriso sbieco.

Sebastiano la guardò di traverso. Sapeva che aveva ragione, perché Candido era talmente filoitaliano che non aveva paura di far sbandierare il tricolore fuori dalla finestra. Durante la guerra aveva fatto la Resistenza in Carnia nella Brigata Osoppo e in casa nascondeva ancora due fucili e una pistola.

«Sì, ma è cambiato» le rispose Sebastiano. «Adesso fa

storie, gira in tondo, trova scuse. Forse perché ha la madre vecchia, la moglie giovane, un figlio in arrivo, non so. Ma allora Stefano e Jacopo gli vanno dietro, perché loro non muovono neanche un dito senza la sua benedizione.»

«Hanno paura» disse Rita, parlando un po' anche per sé.

«Paura, paura...» ripeté Sebastiano guardandola fisso, «non ce lo possiamo permettere di avere paura.»

Rita sapeva che al Circolo degli italiani la tensione era al colmo da mesi. C'erano state le spedizioni degli inglesi e degli americani per studiare il territorio, le speculazioni sui confini, le provocazioni degli slavi che appoggiavano Tito ed entravano in città ad attaccare briga, ma adesso tutti gli occhi erano puntati sulla Conferenza di pace che doveva svolgersi di lì a poco a Parigi.

Sebastiano trascorreva lunghe ore al Circolo ogni sabato pomeriggio, ma negli ultimi tempi ci passava spesso anche durante la settimana, dopo aver chiuso la bottega, attardandosi in quella sala sempre rumorosa e affollata, con il soffitto basso, le pareti umide e annerite dal fumo delle sigarette, l'aria imbevuta di odore di vino e caffè. Tornava a casa in bicicletta facendo un giro largo che accarezzava il mare, attraversava Monte Zaro e zigzagava per le stradelle deserte che arrivavano sul retro dei palazzi, da quel lato sinistro e buio su cui si allineavano i gabinetti maleodoranti. Rita lo rimproverava perché rientrava tardi, e perché in quei vicoli poteva imbattersi in una banda di titini pronti a fare una rissa. Ma lui non la stava a sentire e continuava nei suoi vagabondaggi serali.

«Così mi calmo» diceva, e lei non trovava più argomenti da opporre.

Quella sera, però, Sebastiano era rientrato in fretta con pedalate rabbiose, uscendo dal centro storico in un battibaleno e poi rasentando i caseggiati decrepiti, i capannoni del porto con i vetri sfondati, i cantieri nuovi che mangiavano via le pinete.

«Ma cosa possono fare Candido e Stefano, o Jacopo?» chiese Rita sedendosi di fronte a lui. «...E tu?» aggiunse un po' timorosa.

«Da soli possiamo fare poco. O niente» le rispose Sebastiano. «Ma se ognuno si gira dall'altra parte, se ci accontentiamo di accendere un cero in chiesa e farci il segno della croce ogni volta che passa un titino, beh, non si risolve nulla.»

Rita conosceva Sebastiano da quando erano bambini e sapeva che quando aveva un boccone di traverso gli girava intorno finché non riusciva a sputarlo. Sapeva che quando le cose si facevano serie Sebastiano diventava brusco suo malgrado, perché da un lato gli dispiaceva strattonare chi gli stava accanto, dall'altro non voleva rinunciare a ciò che gli stava a cuore. Era stato così quando quindici anni prima si era indebitato per comprare la bottega, e quando, per sposarsi con lei, si era messo contro il padre, che voleva invece che si prendesse come moglie una cugina di Rovigno. Ed era stato così anche un mese prima che nascesse Alvise, quando aveva passato una notte in guardiola per aver preso per il bavero il podestà, che non voleva assegnargli l'appartamento.

«E tu?» lo incalzò Rita per arrivare al dunque. «Cosa vuoi fare tu?»

«Io firmo!» sbottò infine Sebastiano.

«Firmi cosa?» chiese Rita sgranando gli occhi e passandosi la mano sul collo come faceva sempre quando la preoccupazione la sommergeva.

«Un'iniziativa che è venuta fuori in questi giorni. Ma se non ci stiamo in tanti, anzi, se non ci mettiamo dentro tutti, serve a poco» tergiversava Sebastiano.

«Un'iniziativa...» ripeté attenta Rita.

«Chiediamo tutti il trasferimento in Italia, per protesta» concluse Sebastiano tutto d'un fiato e finalmente alzò gli occhi sul volto sbigottito della moglie.

«In Italia? E dove dovremmo andare in Italia? Chi ci vorrà? Chi ci darà un lavoro? Stiamo ancora pagando la bottega qui... E quando dovremmo partire?»

Rita si alzò di scatto, pallida, presa da un'agitazione che le irrigidiva il corpo, mentre le mani si contorcevano e si nascondevano sotto le braccia e riprendevano a sfregare la nuca e il collo, quasi stesse soffocando.

«La nostra è solo una provocazione» tentò di calmarla Sebastiano. «A Roma saranno obbligati a muoversi se non vogliono che Tito si prenda tutto. Senza italiani che vivono qui l'Italia non avrebbe più il diritto di rivendicare l'Istria.»

«Una provocazione?» Rita lo guardò attonita senza capire. «E allora perché a Roma non si muovono adesso? Adesso che gli italiani qui in Istria ci sono già.»

«Perché, perché... Forse perché non glielo stiamo chiedendo con convinzione.»

Vedendo lo sguardo allarmato di Rita allungarsi verso l'ingresso ormai in penombra, Sebastiano tacque bruscamente. Ma quella precauzione era inutile, perché Alvise se ne stava dritto nel buio del corridoio, attento, assorto, mentre Nicolò si nascondeva dietro le sue gambe, i singhiozzi che gli salivano in gola come schegge di vetro, i pugni stretti spinti sulle palpebre chiuse, la mano del fratello appoggiata inerme sulla sua spalla, incapace di consolarlo di quell'unica frase che aveva colto, quella sentenza che decretava la loro partenza imminente.

5

Il cielo era basso e un vento insistente spingeva verso la spiaggia un fronte scuro e compatto di nuvole. La luce monocroma sbiadiva la pelle abbronzata dei bambini e solo a tratti un raggio luminoso di sole trapassava quella coltre grigia e faceva brillare un punto lontano del mare, come un miraggio.

«Io ci vado. Anche da solo» disse Alvise. «E viene anche Nicolò.»

Da quando, due settimane prima, don Gabriele aveva annunciato la novità della Coppa Scarioni e delle gare di nuoto, Alvise non aveva pensato ad altro. Si ripeteva che voleva vincere a tutti i costi. Doveva vincere. Contro Zeno, contro Lorenzo, contro tutti. Non era bravo a scuola, ma a nuotare sì, e una gara era il modo migliore per dimostrarlo. Però non poteva affidarsi solo al caso, alla giornata buona, al mare tranquillo di agosto. Tutti loro, chi più chi meno, avevano dimestichezza con il mare. Per essere sicuro di vincere doveva allenarsi, prepararsi a ogni condizione, imparare a nuotare anche con le onde o contro vento, fare fiato.

Le uscite in spiaggia organizzate da don Gabriele due volte a settimana non erano sufficienti, perché in quelle gite il parroco pretendeva che giocassero tutti insieme, spesso più all'asciutto che non in acqua. E poi don Gabriele non voleva proprio sentir parlare di confronti e di competizione, di classifiche e di rivalità, quindi non accettava mai di farli gareggiare. L'unica cosa che importava era stare tutti insieme – diceva – e ripeteva in continuazione che non contava chi arrivava primo e chi arrivava ultimo. E invece per Alvise contava solo quello.

Così quel martedì di fine giugno, riuniti in piazzetta senza programmi per la giornata, nonostante le nuvole spesse nel cielo e la bora fredda sulla pelle e, anzi, proprio a causa di quel tempo balordo che teneva lontano dalla spiaggia tutti gli altri, Alvise aveva proposto agli amici di andare ad allenarsi.

«Oggi il tempo è brutto. Non abbiamo il permesso di andare al mare» obiettò Zeno.

Alvise alzò le spalle e passò in rassegna con uno sguardo insoddisfatto gli amici seduti in fila sul muretto.

«Non c'è neanche il sole» fece Sergio senza guardarlo in faccia.

«Il mare è mosso e l'acqua sarà fredda» disse Bruno grattandosi dietro un orecchio.

«Poi la mamma ci sgrida» aggiunse Daniele schierandosi al fianco di Zeno.

«E tu non glielo dire» fece Alvise. «Tanto non ci vedrà nessuno. Proprio perché è brutto oggi non c'è gente al mare. E poi non serve che andiamo al largo. Restiamo dove si tocca.»

«Non siamo mica obbligati a entrare tutti in acqua» disse Zeno rivolgendosi a Bruno e trovando così la scusa per appoggiare il partito di Alvise.

«Giusto!» fece Alvise. «Facciamo così. Io nuoto e voi guardate. Così non mi succede niente.»

«Ma vuoi che andiamo fino a Vergarolla?» fece Sergio, lasciando intravedere il barlume di un accordo.

«E che ci vuole?» si entusiasmò finalmente Zeno.

Arrivarono di corsa sulla spiaggia: Alvise davanti seguito

da Zeno, poi Sergio, Daniele e Nicolò. Chiudeva la comitiva Bruno che, senza osare dire un'altra parola di dissenso, cercava di tenere il passo, con il fiato corto e i polpacci graffiati dai rovi. La pineta li risputò fuori che il cielo era diventato appena più luminoso, e il vento li assalì ghermendo le loro urla di entusiasmo. Il caldo della corsa li aveva messi di buon umore e tutti ridevano come in preda a un'eccitazione nervosa, generata forse dall'aver trasgredito al divieto mille volte ripetuto dalle madri, o invece proprio dall'aver dimenticato del tutto quel divieto.

Bruno li aveva appena raggiunti che Alvise era già a torso nudo e correva verso il mare tirandosi dietro Zeno al quale spiegava a grandi gesti la distanza che avrebbe percorso.

«Dal molo fino ai fusti» ripeté Zeno agli altri che erano rimasti in fila sulla battigia con la bocca spalancata e i capelli scomposti. «Noi contiamo per vedere quanto ci mette!»

«Uno! Due! Tre! Quattro...» iniziarono a gridare tutti all'unisono battendo al contempo le mani.

Così nessuno si accorse che alle loro spalle si erano avvicinate Elena, Monica e sua sorella Anna, una bimbetta paffuta, che le seguiva saltellando; tutte e tre avanzavano contro vento con i sandali in mano, il prendisole incollato alle gambe magre, i capelli appiattiti sulla fronte.

Fu Alvise il primo a scorgerle e, dritto, con l'acqua che gli arrivava al petto, i piedi piantati nel fondale, il fiato corto e la pelle marezzata dal freddo, alzò timidamente una mano per salutarle. Quindi uscì dall'acqua con passi da gigante e le mani strette in vita.

«Venite anche voi!» disse agli altri. «Che allenamento è senza avversari?»

«Abbiamo contato!» esclamò Nicolò con orgoglio.

«Vabbè» disse Alvise sbrigativo, «ma se nuoto da solo non lo so se sono davvero veloce.»

Zeno passava da un piede all'altro, indeciso, guardando ora Alvise ora Monica, che si era avvicinata e li ascoltava attenta, senza lasciar intendere cosa per lei fosse meglio fare.

«L'acqua è fredda e il mare è mosso» fece Bruno indietreggiando.

«Macché mare mosso!» gli fece Alvise. «È un po' di maretta, e quando sei dentro neanche la senti.»

«Dai, facciamolo almeno una volta» disse Zeno spiando la reazione di Monica.

Ma lei non gli diede retta perché guardava Alvise, mentre lui fingeva di non accorgersene.

«Io dico che è pericoloso» insistette Bruno cercando almeno l'approvazione di Sergio.

«Bruno, sei un fifone!» fece Alvise lanciando finalmente una rapida occhiata a Monica. «Dai, Zeno, andiamo noi!»

«Voi restate qui» disse Zeno a Nicolò e Daniele con tono perentorio.

Poi, serio, si tolse la maglietta e seguì Alvise. Dietro di lui corse via anche Sergio, così che infine Bruno, trovandosi solo sulla spiaggia con i più piccoli e con le femmine, cercando di rimandare indietro le lacrime che il vento gli strappava dagli occhi, si avviò anche lui nervoso verso l'acqua. Corse a passetti piccoli e poi, toccata con la punta dei piedi la prima onda, iniziò ad alzare le ginocchia fino al petto prima di decidersi a buttarsi in avanti con tutto il corpo e iniziare ad agitare gambe e braccia nella sua nuotata scomposta. Daniele e Nicolò, un po' scontenti e un po' sollevati di essere rimasti all'asciutto, si unirono al coro delle bambine che, con le mani ai lati della bocca, urlavano imprecisi incoraggiamenti ai nuotatori.

Alvise avanzava con bracciate furibonde, battendo i piedi con altrettanta foga e alzando intorno a sé zampilli di schiuma dello stesso grigio del cielo. Solo di rado accentuava la rotazione del collo per accertarsi che gli altri fossero indietro, finché, sentendosi al sicuro nel suo vantaggio, smise di farlo. Così non si accorse che tutti dietro di lui si erano fermati e che Zeno per primo si era precipitato verso Bruno.

Il ventre attanagliato dall'acqua fredda che aveva trasformato ogni parte del suo corpo in un'armatura gelida, Bruno si era appena buttato in acqua che subito aveva iniziato ad annaspare. Nella bocca spalancata in un grido muto erano affluite grandi sorsate salate. Lui tossiva e poi spariva sotto l'acqua, poi risaliva, una volta un braccio, una volta la testa, e poi più niente, finché Zeno, vedendolo in difficoltà, era tornato indietro, lo aveva preso per la vita e, troppo pesante per le sue braccia magre, lo aveva spinto sino a riva, dove infine l'aveva lasciato cadere sulla schiena, i capelli sulla ghiaia asciutta della spiaggia e i piedi ancora lambiti dalle onde sempre più nervose.

Si avvicinarono all'istante anche Monica ed Elena e si chinarono verso Bruno, con le braccia tese puntate sulle ginocchia, i capelli che pungevano gli occhi sotto le sferzate del vento. Anna, spaventata, si affiancò alla sorella, tirandole il prendisole. Zeno iniziò a scuotere Bruno con vigore, a chiamarlo a gran voce, a spostargli le ciocche di capelli scuri incollati sulla fronte, impressionato dalla pelle bluastra e dalle labbra di un rosso cupo, quasi violaceo.

Zeno ripensò a suo padre, quella volta in cui aveva salvato un ragazzino che era scivolato nell'acqua del torrente ed era stato recuperato cento metri più a valle. Rivide le immagini nella sua mente e decise di agire: appoggiò entrambe le mani aperte sul torso di Bruno e cominciò a spingere ritmicamente, in parte sulle costole, sorprendentemente elastiche e cedevoli, in parte sul ventre molle. Intorno nessuno parlava e Zeno continuava a premere e di tanto in tanto incollava l'orecchio al naso dell'amico e poi ricominciava, pallido, con la mandibola serrata. Improvvisamente un fiotto d'acqua uscì dalla bocca di Bruno e poi un altro, e poi un colpo di tosse e poi un altro.

«Ho vinto!» gridò Alvise arrivando di corsa alle loro spalle. «Ho vinto!»

E dicendolo, alzava le braccia al cielo e gonfiava il petto fingendo di non sentire freddo. Sergio lo fulminò con lo sguardo e solo allora Alvise vide il capannello degli amici intorno al corpo ancora disteso di Bruno e la voce gli morì in gola.

«Ehi, ma cosa è successo?»

Bruno, con il viso emaciato, gli occhi finalmente aperti, ma vitrei e assenti, il corpo scosso dai brividi, non riusciva a rialzarsi, nonostante gli incoraggiamenti di Daniele e Nicolò.

«Mi hai fatto prendere un bello spavento» gli disse Zeno.

«L'hai salvato» disse Monica a Zeno, passando dietro a tutti per fermarsi al suo fianco.

Alvise guardò prima l'uno poi l'altra, e soprattutto vide gli occhi enormi e intensi di Monica fissi su Zeno. Allora fece un passo lungo andando a interporsi tra i due, spingendo con i gomiti e poi accucciandosi davanti a Bruno, sempre steso a riva.

«Cos'hai?» gli chiese serio, ma Bruno non rispose perché un nodo duro come un sasso gli impediva di parlare e un tremore impossibile da tenere sotto controllo gli agitava tutto il corpo. «E dai, Bruno, è solo un po' di freddo!»

«Un po' di freddo?» esclamò Monica indignata, cercando complicità sul volto di Zeno e trovandoci, invece, un sorriso timido e confuso. «Ha rischiato di affogare, altro che freddo! Se non era per Zeno…»

Alvise guardò Monica, poi Zeno, poi di nuovo Bruno.

«Vabbè, ma non è successo. Ora sta bene. Vero, Bruno? Ora stai bene?»

Pressato dall'insistenza dell'amico, Bruno, ancora ansimante, si sforzò di annuire.

«E mi raccomando, tutti zitti» fece Alvise girando lo sguardo su tutti loro. «Non dobbiamo dire a nessuno quello che è successo, sennò ci chiudono in casa fino alla fine dell'estate. E addio allenamenti!»

«È di questo che ti preoccupi? Bell'egoista che sei» intervenne ancora Monica alzando la voce. «Ma l'hai capito o no che l'hai quasi ammazzato?»

Alvise si alzò bruscamente e si ritrovò a pochi centimetri dal viso teso della bambina già un poco più alta di lui. Cercava una risposta, combatteva contro il senso di colpa, voleva a tutti i costi ignorare quell'odore forte di sciagura che per un attimo li aveva avvolti tutti e che Monica sembrava non voler lasciare evaporare, facendogliene portare tutto il peso.

Senza dargli tempo di rispondere, Monica distolse lo sguardo dalla sua espressione dura e si chinò su Bruno, privando Alvise del diritto di difendersi e autoproclamandosi vincitrice di quel confronto.

Alvise li guardò fare: Zeno che alzava Bruno prendendolo dalle ascelle e poi gli stringeva forte il gomito destro per farlo avanzare, Monica che gli reggeva il braccio sinistro, Anna che le girava intorno per sentirsi parte di quel salvataggio, Elena e Sergio che correvano verso i fusti per prendere i vestiti e poi tornavano indietro con le mani piene arrancando sulla spiaggia, Daniele che trotterellava accanto al fratello lanciandogli occhiate allarmate. Alvise li guardava allontanarsi, ma i suoi piedi restavano immobili, ficcati nei ciottoli finissimi del bagnasciuga, sfiorati dal bordo spumoso delle onde che si allungavano sempre di più, aizzate dalla marea crescente.

Nicolò, spaventato forse più dalla solitudine in cui era

rimasto il fratello che dall'incidente a cui aveva assistito, era impietrito al suo fianco. Quando gli altri scomparvero nella pineta, Alvise si accorse infine di lui, gli prese la mano, e tornarono a casa senza dire una parola.

6

Per arrivare al mercato a Rita bastavano dieci minuti se camminava di buona lena e qualcuno di più per tornare a casa con le sporte piene sotto il sole alto. Alle vicine di casa che le chiedevano come mai non comprasse la verdura un po' passata ma a buon prezzo nella bottega lungo lo stradone, lei rispondeva che preferiva pagare un po' di più per avere la roba buona, e che suo marito la lasciava fare.

Non che Rita sperperasse il denaro, anzi, ma ci teneva alle apparenze e si era fatta un'idea tutta sua di dove il denaro andava speso e di che cosa fosse davvero conveniente. Era persuasa che per diventare signori si partisse dalle buone maniere, dal gusto per il bello e per il buono, e pazienza se per averne almeno una briciola doveva spendere qualche soldo in più.

Aveva smesso, però, di spiegare certe cose a Sebastiano perché lui, con le idee comuniste che gli trottavano in testa dai tempi della guerra, non ne voleva sentir parlare di signori e convenevoli, e le diceva che un lavoro onesto e un po' di buona creanza erano tutto quello che serviva per farsi rispettare. Così, se Rita gli avesse detto che ogni venerdì comprava la verdura al mercato della piazzetta, come lo chiamavano tutti, si sarebbe offuscato, non tanto per il prezzo degli ortaggi quanto per i venditori jugoslavi che sempre più numerosi installavano le loro bancarelle sotto i portici, con il cappello di feltro scuro calcato sugli occhi seri.

«Non ne ho più di insalata» rispose un commerciante a Rita ferma davanti al banco.

«E quella che cos'è?» fece lei indicando con il dito una fila lunga di lattughe gonfie.

«*Žao mi je.* Mi dispiace, quella non è in vendita» rispose lui guardandola in faccia.

«Ah no? E perché?» chiese Rita alzando appena il tono della voce.

«Gli italiani non li servo più» sbottò lui sfidando con sguardo torvo lo scarno pubblico che si era raccolto accanto a Rita.

«I nostri soldi ti fanno schifo?» gli disse un giovane con una zazzera di riccioli neri e una ragazza al fianco che lo tirava timidamente per il braccio.

Il venditore non rispose, ma rimase là, con le mani ficcate nelle tasche dei pantaloni, le spalle strette e l'espressione ostile.

«Qui siamo noi che facciamo vivere la città» scandì con solennità Rita, ripetendo quello che tante volte Sebastiano aveva detto alla fine di lunghe invettive contro le autorità titine.

«*Izvolite.* Allora comprate la vostra roba» rispose l'uomo impassibile.

«Pola è italiana» continuò Rita senza perdere coraggio, mentre un brusio di approvazione cresceva intorno a lei. «Qui è tutta roba nostra.»

L'ambulante la guardò con un sorriso di scherno mentre un secondo uomo gli si avvicinò, il viso coperto da un reticolo fitto di rughe profonde, gli disse poche parole in croato e con un gesto breve ma perentorio della mano gli intimò di rimettersi al lavoro.

«Beh? Ha perso la lingua?» sbottò Rita che non si decideva ad andarsene e, anzi, aveva fatto un passo verso la bancarella e si sporgeva in avanti, offesa dal silenzio sprezzante dell'uomo.

«Lei invece ce l'ha lunga» fece una voce alle sue spalle, così vicina che Rita trasalì.

Voltandosi di scatto si trovò davanti una donna robusta, con i capelli scuri striati di grigio, le guance rosse e le mani paffute appoggiate al ventre prominente. Aveva uno sguardo severo e un volto che sembrava aver rinunciato a qualsiasi vezzo in cambio di un'autorevolezza poco incline allo scherzo, come lasciavano indovinare le due rughe che dai lati della bocca si abbassavano verso il mento, costringendola in una perenne smorfia di riprovazione.

«Non ha paura di parlare, lei, mi sembra» riprese la donna.

«E perché dovrei avere paura di dire la mia?» rispose Rita sulla difensiva, incapace di decifrare lo sguardo duro dell'altra e cercando di ripassare nella mente i volti delle signore che conosceva, per capire chi aveva di fronte.

«Adesso capisco da chi ha preso la parlantina suo figlio.»

«Mio figlio?»

Rita si contrasse e in quel momento riconobbe nella donna la madre di uno dei compagni di classe di Alvise.

«Alvise, proprio Alvise» fece l'altra, annuendo con enfasi e un'ombra di soddisfazione. «Ha parlato tanto e tanto bene l'altro giorno che li ha convinti tutti ad andare a nuotare. C'era un borino che tirava che era un piacere, e il mare era mosso che anche i pesci venivano fuori.»

«Tutti chi?» chiese Rita nervosamente.

«Tutti quanti i suoi amici. E il mio Bruno, che è da tre giorni a letto con la febbre. Me l'hanno portato a casa che era pallido come uno straccio e tremava, poveretto, che non si riusciva a tenerlo fermo.»

«Ma Alvise non l'avrà certo spinto in acqua!» si agitò Rita.

«Ci mancherebbe! Ma che Bruno nuota male lo sa lui e lo

sanno gli altri. Allora, a cosa serviva insistere tanto? Per metterlo in difficoltà? Bruno ha provato a farli ragionare, ma alla fine è dovuto entrare in acqua anche lui!»

La donna si infervorava come se finalmente quelle parole che le erano rimaste incastrate in gola, incapace com'era di infierire contro il figlio malato, ora potessero uscire dando sfogo alla collera e alla preoccupazione che si portava dentro da tre giorni.

«Poteva finire male! Glielo dico io, che ho passato la notte a mettergli le pezze bagnate sulla fronte» continuava la donna alzando appena la voce incrinata.

«Ma perché sono andati al mare se era brutto?» chiese Rita confusa.

«Ah!» sbottò l'altra. «A me lo chiede? Lo chieda a suo figlio! Io di certo non lo sapevo, che sennò lo chiudevo in casa il mio Bruno, e davo anche due giri di chiave. Ma quando nel gruppetto ce n'è uno spavaldo, uno che ha tutto permesso… allora quelli meno forti gli vanno dietro.»

Ormai la madre di Bruno non parlava più solo a Rita ma ruotando un poco la testa a destra e a sinistra cercava con gli occhi l'approvazione delle donne che si erano strette intorno a loro in un capannello attento. Rita notò distrattamente che contro i fianchi larghi della donna si spingeva una bambina di sei o sette anni che la guardava dal basso con la stessa severità della madre, da cui aveva ereditato il viso largo e i capelli crespi.

«Io non ho mai dato il permesso ad Alvise» disse Rita. «Ha disobbedito il mio come ha fatto il suo.»

E sputò fuori quelle parole con più rabbia di quanta avrebbe voluto, guardando in basso verso la bambina per evitare lo sguardo inquisitore di quel pubblico da cui già si sentiva giudicata.

«Pensa che siamo forse sulla stessa barca?» rispose senza

indugio la donna, continuando a guardarsi intorno. «Mio figlio ora è a letto con la febbre alta. Il suo, invece, dov'è?»

Rita restò interdetta. Sapeva che Alvise era andato in ferramenta per conto di Sebastiano, che si era portato dietro Nicolò, che sarebbero restati a giocare davanti alla canonica fino a mezzogiorno ma, improvvisamente, colpita dall'atteggiamento composto della donna, restò muta, incapace di protestare e di difendersi o di difendere più a lungo il figlio.

«Non ascolta la madre, non ascolta gli amici...» continuò a insistere l'altra, rinfrancata dalle teste che annuivano intorno a lei. «Io dico che da quel ragazzino è meglio stare lontani.»

Rita ignorò il brusio basso che quelle parole suscitarono tra le donne presenti, ma non seppe dove appoggiare gli occhi per non guardare più il volto accaldato della madre di Bruno né abbassarli sulla bambina che, dal canto suo, non aveva smesso di fissarla con una curiosità carica di diffidenza. Rita si passò la mano sulla nuca sudata poi, senza rispondere, si voltò e si aprì un varco tra le comari che affluivano sempre più numerose al mercato. Curva per l'imbarazzo, prese svelta la strada di casa, riuscendo a stento a trattenersi dal correre. Sentiva una collera dura stringerle la gola, una vergogna che, come mai le era successo prima, l'aveva zittita e disarmata.

La madre di Bruno la guardò allontanarsi senza nascondere la soddisfazione sbrigativa di chi sapeva già di vincere in partenza, e si mostrò subito acquiescente e mite davanti ai commenti delle donne che tutte le davano ragione e consigli e compassione.

Solo una, dopo aver seguito il battibecco tra le due, non aveva detto neanche una parola per prendere partito, non aveva mostrato biasimo né indignazione e si era accontentata di ascoltare attenta, perché sapeva che ogni dettaglio le sarebbe servito per chiedere spiegazioni a suo figlio. Zeno non le avrebbe mentito, ma Ottavia non poteva non ammettere con sé stessa che in parte lo aveva già fatto.

La madre di Bruno, che la conosceva e la salutava con quella deferenza un po' affettata che si mostra ai più ricchi e ai più colti, posò su di lei uno sguardo severo e insistente. E in quel ritegno Ottavia scorse un'indignazione quasi più grande di quella che si era riversata in modo schietto e aperto su Rita, perché quello sguardo coglieva in fallo anche lei, la moglie del dottore, e con sottile soddisfazione la obbligava a scendere dal piedistallo che il ruolo sociale di suo marito le concedeva.

Ma furono impressioni fugaci e senza importanza e ciò che rimase nei pensieri di Ottavia fu il turbamento che anche Zeno, per la stretta amicizia che lo legava ad Alvise, potesse essere incluso in modo spiccio e senza appello nel novero delle cattive compagnie.

7

Rita camminò a testa bassa fino a casa, a passo sempre più svelto. Scivolò via dall'ombra fresca dei portici, risalì il vicolo stretto che si insinuava tra le mura alte dei palazzi, prima di sfociare nel viale fiancheggiato da olmi assetati e da là fino allo stradone largo e assolato. Lasciò indietro a una a una le villette, poi le case basse sfregiate dalla guerra, i magazzini abbandonati e infine, esausta, arrivò davanti ai palazzi tozzi, dietro al magro boschetto di cipressi.

Le sembrava di scappare, ma senza riuscire davvero a disfarsi del tormento che le rimescolava i pensieri: la collera contro il figlio, la stizza verso la madre di Bruno, la vergogna che aveva provato sotto gli sguardi pieni di rimprovero delle donne, la frustrazione per non aver saputo difendersi, incapace di trovare le parole che adesso, invece, sgorgavano a fiotti dalla sua mente arrabbiata.

Arrivò alla porta di casa accaldata, le guance rosse, l'abito di cotone bagnato sotto le braccia rammollite dal caldo, la nuca sudata, il petto che si alzava affannato cercando di placare il respiro. Lasciò cadere la borsa della spesa nell'ingresso angusto, si tolse i sandali e, cercando con i piedi nudi la frescura del pavimento, si sedette su una delle quattro sedie impagliate della cucina, afferrò lo strofinaccio abbandonato sul tavolo e se lo passò sulla fronte accesa.

Era quasi mezzogiorno quando, guardandosi intorno svogliatamente, si decise ad alzarsi. Si legò il grembiule in vita e prese da una cassetta spinta in un angolo quattro pomodori rossi che tagliò grossolanamente con gesti nervosi prima di buttarli in un piatto insieme a una manciata di origano e un cucchiaio d'olio. Alzandosi sulla punta dei piedi, afferrò dallo scaffale un cartoccio da cui estrasse il resto di una pagnotta scura che tagliò con cura in tre fette di uguale spessore. Stava apparecchiando la tavola quando dalle finestre aperte entrò la risata allegra di Nicolò.

Il parlare concitato dei due fratelli si spense quando si infilarono nel palazzo per riemergere dalle scale sempre più forte, infine Alvise aprì la porta con un gesto ampio del braccio e Nicolò si lanciò in casa chiamando la madre a gran voce.

«Eccovi. Era ora» disse lei impaziente.

Il sorriso di Alvise morì sul suo volto obbligandolo a fermarsi di netto sulla soglia della cucina.

Rita spostò la sedia che da sempre era di Nicolò, e con un gesto lieve ma secco del mento indicò al figlio più piccolo di sedersi, poi gli avvicinò il piatto di pomodori, e ci appoggiò sopra una delle tre fette di pane che aveva appena tagliato. Quando Alvise fece per allungare la mano verso il pane, con un movimento repentino Rita puntò contro di lui un indice inquisitore.

«Tu adesso aspetti. Che prima di toglierti la fame devo dirtene quattro!»

Alvise indietreggiò ma lei, afferrandogli il braccio con forza, lo obbligò a sedersi.

«Come pensi che viviamo noi? Da dove credi che arrivi questa roba?» gli disse a denti stretti indicando con la mano il cibo disposto sul tavolo.

Alvise taceva senza smettere di tirare a sé il braccio imprigionato dalla morsa tenace della madre.

«Ah! Adesso hai perso la lingua!» continuò Rita. «Beh, te

lo dico io: i soldi per mangiare ce li danno i clienti che vanno nella bottega di tuo padre. E se ci vanno è perché tuo padre ha le mani d'oro, sì, ma anche perché sa farsi voler bene. È una brava persona e la gente si fida.»

Alvise la guardava con la faccia tesa e ogni parte del corpo in allerta.

«Sai cosa vuol dire?» lo incalzava lei, avvicinando il volto accaldato al suo.

Alvise sembrava cercare una risposta ma Rita non era pronta a fermare quella sua gragnuola di parole e riattaccò.

«Vuol dire che un cliente che si trova bene torna anche la volta dopo, e magari dice a quello o a quell'altro che Sebastiano Dorigo è un bravo falegname, certo, ma anche che ti tratta bene, che quando ti dice una cosa poi la fa. Lo sai com'è che si chiama questa roba qui?»

Alvise aggrottava la fronte in uno sforzo vano di capire il senso di quel discorso ma, ancora una volta, Rita non gli diede il tempo di dire neanche una parola e, avvicinandosi ancora di più, gli disse scandendo bene le sillabe: «Reputazione! Caro mio, ecco come si chiama. E c'è quella buona e quella cattiva.»

«E allora?» scappò detto ad Alvise, mentre con uno strattone era riuscito a liberare il braccio e cominciava ad agitarsi sulla sedia, incapace di capire dove lei volesse andare a parare.

Intanto, Nicolò li fissava paralizzato, con la bocca piena di cibo che non riusciva più a masticare.

«Come, allora?» spalancò gli occhi Rita. «Allora, razza di insolente, tu non te lo puoi permettere di fare il cretino in giro, di tirare nel mare mosso quelli che non sanno nuotare neanche dentro una vasca da bagno. Che poi quelli si ritrovano a letto con la febbre e la colpa è tua! Per tutti poi la colpa è tua! Non di quello che è debole, che non ha saputo dirti di no, ma tua, che sei prepotente e lo hai convinto a fare una stupidaggine. Lo capisci o no?»

Alvise lanciò un'occhiata a Nicolò, ma il fratello guardava la madre con un'espressione talmente atterrita che Alvise seppe con certezza che non era stato lui a fare la spia.

«Bruno ci è entrato da solo in acqua» tentò di difendersi allora Alvise, che pure non capiva quel saltare di palo in frasca della madre e si buttava allora a capofitto in quel poco che sembrava davvero avere a che fare con lui.

«Non è quello che mi hanno detto» si indispettì Rita. «Quello che mi hanno detto è che l'idea è stata tua, tu hai insistito e gli altri hanno obbedito. Perché tu decidi e poi gli altri devono fare quello che dici tu. E per questo sei una cattiva compagnia. Lo sai cosa significa?»

Alvise e Nicolò scossero la testa all'unisono.

«Che sei uno da cui è meglio stare alla larga, uno che è meglio non frequentare, perché ti fa andare sulla cattiva strada. Uno che nessun ragazzino dovrebbe avere come amico.»

Nicolò la guardava ormai con gli occhi lucidi, spaventato. Non l'aveva mai vista così arrabbiata, neppure quella volta che Alvise era tornato a casa con la fronte insanguinata perché era andato di nascosto a fare i tuffi a Capo Promontore. Questa volta invece nessuno si era fatto male sul serio eppure, per qualche motivo che lui non capiva, la madre era fuori di sé e suo fratello rischiava di restare senza amici.

Alvise abbassò lo sguardo e pensò a Zeno. Che gli altri pensassero quello che volevano! Se non erano suoi amici a lui non importava: lui aveva Zeno e questo gli bastava. Poi, però, subito gli venne in mente l'immagine di Lorenzo, che scherzava con Zeno fuori dalla scuola il giorno degli esami e istintivamente serrò la mandibola.

«E poi lo sai cosa dicono ancora?» continuò Rita imperterrita.

In fondo conosceva i compagni di classe di suo figlio e il gruppetto di amici con cui si incontrava ogni giorno in piazzetta, e ciò per cui si preoccupava non era tanto la nomea di Alvise tra i ragazzini del paese, ma l'idea che se ne potevano fare le madri di quei ragazzini e, per riflesso, la considerazione che derivava a loro come famiglia e ancora di più a suo marito come artigiano.

Alvise non la ascoltava più, assorto nei suoi pensieri, ma Rita continuò senza aspettare risposta.

«Dicono che una mela non cade lontano dall'albero. Allora se tu sei uno scapestrato, vuol dire che io e tuo padre non abbiamo saputo educarti bene e allora magari così per bene e onesti forse non lo siamo neanche noi!»

Alvise approfittò di quell'impennata della madre per alzarsi in piedi, ma Rita lo riagguantò con prontezza.

«Adesso ci sono gli jugoslavi che ci odiano perché siamo italiani» riprese con tono aspro, guardando il figlio negli occhi. «Non comprano le cose da noi, e a volte neanche ce le vendono. Ma cosa ci possiamo fare? Quelli sono clienti persi, e pazienza! Ma tutti gli altri... Tutti gli altri ce li dobbiamo tenere stretti. Stretti!»

Rita mollò la presa sul braccio del figlio e cominciò a girare per la stanza come una belva in gabbia, con una mano puntata sul fianco e l'altra che disegnava la sua collera nell'aria. Alvise scuoteva la testa frastornato, con gli occhi che gli bruciavano dalla rabbia.

«Non puoi fare lo scavezzacollo con la pelle degli altri, perché poi tocca a me prendermi gli spintoni, là in mezzo al mercato. Lo capisci? Se tu ti comporti male, pensano male di noi! Pensano che è meglio non fidarsi, che è meglio stare attenti, e allora per comprare magari è meglio andare da qualcun altro» urlava ormai Rita. «E chissà quante ne avranno ancora da dire, quelle pettegole, sempre pronte a tagliarti i panni addosso, a metterti in croce e a lasciarti crepare...»

«Bruno ci è entrato da solo in acqua» ripeté Alvise, tornando sull'unico fatto che gli sembrava a portata di mano in quella tirata infinita della madre. «La colpa è solo sua.»

Rita si voltò di scatto verso di lui, allibita dalla sua insolenza, poi, superato in fretta il primo attimo di stupore, afferrò prontamente il battipanni appeso al muro e, sferzando l'aria con sorprendente violenza, cercò di colpirlo.

«È questo che dirai a tuo padre quando torna?» lo incalzò Rita. «Gli dirai che se i clienti non si fidano più di lui, beh, la colpa è di Bruno?»

Alvise corse intorno al tavolo una volta e poi un'altra, mentre Rita, furiosa, alzava e abbassava il braccio armato sfiorandolo appena. Nicolò, che al gesto della madre era schizzato in piedi, si scansò svelto per lasciar passare il fratello, appiattendosi contro il muro, la mano a tappare la bocca spalancata di spavento, e poi si tuffò giù sotto il tavolo temendo di essere a sua volta vittima di quella furia.

Alvise uscì dalla cucina, scappò verso il corridoio, poi in camera e tornò in soggiorno, guizzando svelto tra il mobilio scarno dell'appartamento. Rita lo inseguiva ansimando e cercando invano di colpirlo.

«Vedrai quando arriva tuo padre stasera!» ripeteva lei aggrappandosi a stipiti, maniglie, schienali senza riuscire, malgrado l'esiguità delle stanze, ad acciuffarlo.

Alvise si arrampicava su una sedia, si nascondeva dietro le porte, faceva volare le tende accelerando i movimenti goffi e scomposti di Rita. Nicolò, uscito ormai dal suo nascondiglio, se ne stava in piedi sulla soglia della cucina a guardare la scena, cercando di capire se essere più preoccupato per il fratello o per la madre.

Rita diede un colpo a vuoto sui cuscini flosci del divano, poi riuscì a centrare il figlio, sculacciandolo. Ma subito Alvise sgusciò via di nuovo, trascinò Nicolò con sé nel corridoio angusto e si nascose con lui sotto il letto. In un crescendo di rabbia, Rita li rincorse ancora ma, quando si ritrovò piegata in due a guardare sotto il letto e ad agitare il battipanni come per far uscire un animale dalla tana, allora si fermò, abbandonò il braccio lungo il fianco, si avviò esausta verso la cucina e si sedette pesantemente su una sedia.

Il battipanni scivolò per terra accanto a lei, ridicolo e insignificante, e tutta la tensione precipitò, come foglie arraffate dal vento che ricadono ai piedi di un albero alla fine di una tempesta. Rita si coprì il viso con le mani e pianse, avvilita. Aveva un tale frastuono in testa e un senso così nauseante di impotenza che non le importava che i figli la vedessero crollare. A dispetto della propria debolezza, di quella predisposizione innata allo scoraggiamento, Rita aveva sempre pensato che da un figlio vivace come Alvise anche lei avrebbe saputo cavare qualcosa di buono. Non aveva coltivato per lui che ambizioni semplici, aveva preteso solo un poco di buon senso e quella briciola di voglia di fare che gli avrebbe permesso di diventare una persona onesta. E ora, invece, lui la ripagava con le sue bravate senza cervello, sconsiderate e imprudenti, che facevano danni tutto intorno.

La disperazione di Rita lasciò Alvise disorientato. Nascosto nell'angolo più buio del corridoio la spiava da lontano e avrebbe voluto avvicinarsi e cercare di calmare i singhiozzi che scuotevano la sua schiena curva, ma sentiva le gambe molli, un macigno nello stomaco e un senso nuovo di imbarazzo davanti a quella forma di intimità che la madre lasciava intravedere. Pensò che se il padre fosse tornato in quel momento sarebbe stato doppiamente arrabbiato con lui, per la storia di Bruno e per la tristezza di Rita.

Allora stava là a guardarla e cercava le parole da dire, senza trovarle, perché i discorsi della madre gli si erano imbrogliati in testa, e lui non lo capiva poi tanto bene cosa c'entravano gli affari del padre con la febbre di Bruno, lo scontento della madre con la Coppa Scarioni.

Sebastiano glielo aveva ripetuto mille volte che a fare gli sbruffoni sono capaci tutti, ma a essere gentili quando serve, e volenterosi sempre, ecco, quello è un talento di pochi. Ma gli diceva anche che doveva lavorare, impegnarsi, non aspettare che le cose gli cadessero dal cielo. E infatti ora lui voleva solo allenarsi. Allenarsi per vincere. Cosa c'era di male?

Fece un passo verso la cucina, ma poi si fermò, si lasciò scivolare con la schiena lungo il muro del corridoio fino a terra e rimase seduto là, con le gambe allungate in avanti a toccare quasi la parete di fronte.

Nicolò lo osservava attonito, in piedi a metà strada tra la camera e la cucina. Guardava la madre, poi guardava il fratello, gli occhi gonfi di lacrime, il mento leggermente unto d'olio, le mani strette al petto come una preghiera muta. Si accucciò vicino ad Alvise, strizzando gli occhi e tappandosi le orecchie per non sentire i singhiozzi di Rita. Poi si alzò di nuovo, toccò la gamba del fratello con la punta del piede, come per chiamarlo, ma Alvise si strinse nelle spalle con un gesto di rabbia e di impotenza, lasciando che Nicolò si avviasse da solo verso la cucina.

Alvise si sentiva sopraffatto, invaso da quello stesso magone, quella stessa struggente solitudine di quando aveva visto Zeno e Monica allontanarsi dalla spiaggia con Bruno.

Chi dei due aveva deciso di lasciarlo indietro? E se Monica l'aveva sgridato, perché Zeno non l'aveva difeso? Perché aveva scelto lei?

Come aveva fatto Monica a decidere così in fretta da che parte stava la ragione? Anche loro in fondo, proprio come la madre, non avevano capito niente del suo gesto, di quello che gli importava davvero.

Nicolò entrò in cucina, si sedette accanto alla madre e rimase lì, in silenzio, con le mani aperte sulle cosce magre, le gambe penzoloni, i piedi che sfioravano appena il pavimento fresco. La luce del sole allagava il soggiorno, rendendo ancora più buio l'angolo nel quale Alvise restava acquattato, incapace di muoversi. Il pianto di Rita a poco a poco si affievolì finché lei, asciugandosi gli occhi, vide Nicolò al suo fianco, gli sorrise dolcemente e gli accarezzò la testa.

Alvise, guardandoli, strappò via con il dorso della mano la lacrima che già premeva sulle ciglia scure, e andò carponi nella propria stanza, chiudendosi alle spalle la porta pesante.

8

«Non è colpa mia. Non è colpa di nessuno» disse Zeno con la testa bassa, ma dal silenzio di Ottavia, dritta come un chiodo sulla sedia davanti a lui, capiva che quelle poche parole non sarebbero bastate.

«Ti aspetto qui da un'ora» lo incalzò infatti la madre, «un'ora a chiedermi come puoi esserti prestato a un gioco tanto pericoloso! Come puoi esserti dimenticato tutte le raccomandazioni, così, in un batter d'occhio.»

Ottavia fece schioccare le dita sotto il naso di Zeno, che stava là, ad agitarsi sulla sedia, mordendosi il labbro inferiore in un inutile e incessante masticare. Appena entrato in casa gli era bastata un'occhiata per cogliere la contrarietà della madre e quando quella severa indignazione si era trasformata in un'implacabile successione di domande, Zeno non aveva saputo resistere e aveva ammesso che quel giorno in spiaggia, e soprattutto in acqua, c'era andato anche lui.

«È stato un incidente» provò ancora a difendersi Zeno tenendo gli occhi bassi.

Ottavia si alzò in piedi sovrastandolo e restò così, immobile, a guardare il capo chino del figlio.

«Non siete caduti da una barca, non siete stati spinti» disse Ottavia seria. «Questo sarebbe stato un incidente. Invece voi, di entrare in acqua, lo avete fatto apposta. Avete deciso voi di farlo, l'hai detto tu. Era un allenamento. Un allenamento per Alvise.»

«Sì, ma noi Bruno non l'abbiamo obbligato. Volevamo vedere se Alvise era davvero veloce» fece Zeno, pentendosi subito di aver nominato ancora Alvise, perché gli sembrava che tutti, anche la madre, volessero dare la colpa solo a lui.

«In qualunque modo la metti, hai sbagliato» riprese Ottavia. «Voler fare come gli altri, o come uno solo, invece di pensare con la propria testa... Questo è sbagliato.»

«Io ho deciso con la mia testa» fece Zeno drizzandosi contro lo schienale della sedia.

«Allora hai deciso male. Chissà, forse hai pensato che sbagliare in tanti fosse meno grave che sbagliare da soli. O che se lo fa Alvise, allora si può fare.»

«Io ho deciso da solo» ripeté Zeno a voce più bassa, ficcando la testa tra le spalle.

Ottavia sbuffò stizzita, sentendosi a un bivio: o suo figlio era cattivo, o era invece un debole, uno che si lasciava influenzare dagli altri. E nessuna delle due opzioni le sembrava ammissibile.

«Non avete idea del rischio che avete corso» disse, sedendosi di nuovo davanti a lui. «Tutti, ma chi non sa nuotare più degli altri.»

«Bruno sa nuotare, si è solo messo paura. Eravamo dove si toccava. Bastava mettere giù i piedi» protestò Zeno sempre più debolmente. «Mica stavamo facendo la gara vera... Ci divertivamo, così, tra amici.»

«No, Zeno, questo non è comportarsi da amici, perché un vero amico non ti mette in pericolo» lo zittì la madre con fermezza, curvando il collo e cercando di catturare il suo sguardo piantato con ostinazione sul pavimento. «Un amico ti protegge, invece. Non pensa solo ai suoi interessi. E invece Alvise vi ha messo tutti in pericolo per qualcosa che sta a cuore solo a lui. E sai come si chiama uno che non si preoccupa degli altri?»

Zeno alzò gli occhi su di lei, come cercando nel suo viso teso la risposta a quella domanda.

«Un egoista» finì con il rispondere Ottavia con tono grave e Zeno abbassò subito lo sguardo, avvilito.

«Alvise non è egoista» rispose piano Zeno. «E anch'io ci tengo alla gara.»

Non poteva dire alla madre che in realtà lui Alvise lo invidiava, e che avrebbe voluto essere coraggioso come lui, fantasioso come lui, trascinante come lui, sempre pieno di idee e di iniziative, uno che non aveva mai paura di nulla e che sapeva convincere gli altri. E invece lui era annoverato tra quelli calmi e ubbidienti o, peggio ancora, arrendevoli.

«Ma Zeno ha aiutato Bruno alla fine» intervenne Daniele in piedi accanto al fratello, smanioso di far parte di quella discussione.

«Ci mancherebbe altro!» reagì Ottavia deludendolo. «Il punto è che non doveva esserci bisogno, di aiutarlo. Non dovevano proprio entrare in acqua.»

Daniele, mortificato, spostò gli occhi su Zeno che rimase in silenzio.

«Vi è andata bene, ecco. Ma Alvise non doveva istigarvi, e tu avresti dovuto convincerlo.»

«Pensi sempre che io scelgo di stare dalla parte sbagliata» protestò Zeno.

«Questa volta era sbagliata di certo. Ma prima di tutto penso che dovresti circondarti di persone che non ti chiedono di scegliere.»

Zeno si ficcò le mani sotto le cosce e gli tornò in mente l'ultimo giorno di scuola, quando era sgusciato via da Lorenzo e dai complimenti del maestro ed era corso da Alvise. Aveva scelto anche quella volta.

«Alvise non ti piace, ce l'hai con lui.»

«Non è questo il punto. Penso solo che per te andrebbero meglio degli amici più quieti, meno turbolenti, che hanno i tuoi stessi interessi.»

Zeno si alzò in piedi di scatto, senza però osare andarsene. Restava là, dritto e teso, quasi sull'attenti.

«Lorenzo, per esempio» disse Ottavia aprendo le braccia come per accogliere quell'ovvia conclusione. «Abita qui sotto, è un bravo ragazzo, educato, senza grilli per la testa... e a ottobre sarete in classe insieme.»

Zeno spalancò il viso in un'espressione di incredulità.

«Alvise non lo sopporta perché fa sempre lo sbruffone, solo perché è bravo a scuola.»

«Alvise, Alvise. Hai sempre in bocca Alvise. Decide forse tutto lui? Non l'hai detto tu che sai pensare con la tua testa? E che Alvise non è un egoista?»

«Sì» sbottò Zeno con il fare risentito di chi si trova con le spalle al muro.

«Ecco!» esclamò Ottavia con un tono allegro, come se sentisse avvicinarsi la vittoria. «Allora puoi avere anche altri amici, se vuoi. No? Alvise non pretenderà di averti in esclusiva. E poi anche tu sei bravo a scuola.»

«Cosa c'entra?» si confuse Zeno.

Ottavia si strinse nelle spalle e finalmente gli sorrise, convinta che alla fine il buon senso di Zeno sarebbe riaffiorato intatto da tutta quella storia. Poi si alzò, gli accarezzò distrattamente la testa, aprì il cassetto della credenza e prese la tovaglia piegata a puntino, quindi la aprì con un gesto ampio. Il tessuto fece un'onda poi si sgonfiò sul tavolo grande.

«Avete fame?» chiese Ottavia con voce squillante, e la tensione si sciolse nelle grida festose di Daniele, che si lanciava verso la madre in un abbraccio carico di mille diverse gratitudini.

Zeno si accasciò pesantemente sulla sedia e non si accorse che la madre spiava il suo viso pallido, le mani abbandonate in grembo, lo sguardo triste e senza sollievo. Non le piaceva strattonarlo così, né mostrargli la verità con tanta schiettezza, e quei bronci la mettevano a disagio. Avrebbe voluto che i malumori evaporassero come un tempo, quando era piccolo, com'era ancora per Daniele, e invece, ora che era cresciuto, Zeno si incupiva, restava assorto e distante. Non le sfuggiva il fascino che Alvise esercitava su di lui e quanto poco invece la diligenza un po' pedante di Lorenzo lo annoiasse, ma c'era come un impellente senso del dovere che la pungolava a spingere Zeno lontano dal primo e vicino al secondo, una responsabilità impossibile da ignorare riguardo al futuro del figlio, quando – ne era certa – anche lui avrebbe finito con il ringraziarla.

Zeno restò là, turbato dai discorsi della madre, che aveva fatto man bassa delle sue gerarchie, e lo spingeva con noncuranza verso qualcosa da cui Alvise sembrava irrimediabilmente escluso. Lui avrebbe voluto mettere tutti insieme, come quando andavano al mare sul carro di don Gabriele, e invece Ottavia gli diceva che doveva scegliere per sé stesso ma che, qualunque cosa scegliesse, o l'uno o l'altro doveva lasciarselo dietro.

E in quel futuro importante, che partiva dalle scuole medie e arrivava all'esempio autorevole del padre, per Alvise non c'era posto e, peggio ancora, Alvise un posto, là dentro, nemmeno lo voleva. Zeno ne era convinto, perché, anche se Alvise diceva che gli toccava andare a lavorare per volere dei genitori, in realtà quando lo diceva sembrava sollevato e prendeva in giro quelli come lui che sarebbero rimasti a lungo seduti dietro i banchi. Zeno, però, non se la prendeva, perché loro erano amici e stavano sempre dalla stessa parte.

Adesso, invece, la madre gli aveva messo nella testa quella storia dell'egoismo che gli riempiva le orecchie come il fischio lungo di un treno. L'aveva detto anche Monica, quel giorno sulla spiaggia.

Era vero che si erano tutti buttati in acqua solo per dimostrare ad Alvise che non erano da meno. Era vero che lui non aveva tentato, neanche per un solo momento, di mostrarsi accomodante con Bruno. Ed era vero soprattutto che se Bruno aveva cominciato a sputare fuori l'acqua che aveva bevuto, era stato solo per miracolo e non certo per le sue maldestre manovre di salvataggio.

Zeno si sentì confusamente tradito. Perché Alvise non aveva rinunciato al suo progetto? Perché non aveva ceduto, vedendoli tutti dubbiosi? Perché si era messo contro tutti, e anche contro di lui?

La madre aveva ragione: Alvise lo aveva obbligato a scegliere. E alla fine lo aveva lasciato solo.

9

Il sole non mordeva più, il vento lieve aveva smussato il caldo della giornata che, sciogliendosi in una luce dorata e rotonda, andava a intiepidire le facciate delle case, i muretti rossi e l'erba secca ai loro piedi. Arrivava dal mare un sentore forte di pini e salsedine, e si mescolava con gli odori che uscivano dalle finestre aperte delle cucine, dove le massaie, appena riemerse dal torpore pomeridiano, già pensavano alla cena.

Quando l'aria era così profumata e la brezza così lieve, gli uomini preferivano alla sala bassa del Circolo lo spiazzo antistante: un cortile quadrato coperto dello stesso acciottolato della piazza di cui non occupava neanche un quarto del lato corto. Non c'erano muri intorno a delimitarlo, né alti né bassi, ma un rosario di vasi di coccio nei quali crescevano a stento ciuffi di mentuccia, gli steli fioriti della pimpinella e gli ombrelli leggeri dell'anice verde.

Gli uomini si sedevano in un cerchio che diventava sempre più grande, a mano a mano che ognuno aggiungeva la sua sedia, e intanto Berto andava e veniva portando un bicchiere di vino, svuotando un posacenere, oppure restando ad ascoltarli, con le braccia conserte sul ventre prominente. Sulla spalla teneva sempre uno strofinaccio, come un allenatore di boxe pronto ad asciugare il sudore del proprio pugile, e appeso al collo il fischietto di metallo da cui non si separava mai.

Quando era di luna buona, Berto metteva una botte in mezzo al cerchio e ci appoggiava sopra una terrina di pesciolini fritti che mani svelte dalle dita tozze e callose finivano in fretta con applicazione famelica.

«Si sta bene qua, Rocchi, eh?» disse Sebastiano ridendo.

«Si sta bene tra italiani» rispose Carlo leccando la punta unta e salata delle dita.

«La mia frittura e un bicchiere di malvasia, ecco cos'è che fa del bene» rise Berto.

«Dovremmo essere dieci, cento, mille volte più di così e urlare forte e chiaro a Roma quello che vogliamo» disse Candido a voce alta.

«Vogliamo l'Istria italiana» lo incalzò Sebastiano, «ecco cosa vogliamo.»

A quelle parole Carlo annuì e con un movimento secco del gomito svuotò il fondo del bicchiere, con il fare cerimonioso e grave di chi si prepara a dire qualcosa di importante.

«Qua almeno le cose si possono dire, ci sono facce amiche pronte a sostenerti» disse Carlo serio, togliendosi il cappello e rimettendolo subito tale e quale, dopo essersi passato il dorso della mano sulla fronte alta. «A Pisino, nell'entroterra, invece, a noi italiani ci trattano come lebbrosi.»

Gli altri lo ascoltavano attenti, seri, tutti con la stessa espressione di rabbia contenuta, tutti con le mani puntate sulle ginocchia, le braccia tese, la testa ficcata tra le spalle.

«Neanche la guerra era riuscita a farci chiudere il negozio. Mio fratello era partito per il fronte e io ho mantenuto tutti, la mia famiglia e anche la sua, i miei suoceri e anche i suoi. E come ho fatto?» fece Carlo aprendo le mani con un gesto di plateale evidenza. «Come tutti quanti! Ci siamo arrabattati, abbiamo tirato la cinghia, abbiamo fatto di tutto pur di salvare l'attività e accontentare i clienti. Ma quando le bombe hanno smesso di caderci sulla testa, gli jugoslavi ci hanno fatto terra bruciata intorno. Sempre meno clienti, sempre meno fornitori, prezzi sempre più cari.»

Carlo parlava con un tono grave e lento, quasi stesse spiegando la vita a un bambino, e allo stesso tempo lasciava che le parole scivolassero una nell'altra, come un discorso mille volte ripassato.

«E allora sei venuto a Pola» disse Candido.

«Un'oasi italiana...» fece Carlo.

«...in un deserto croato» concluse Sebastiano, con una punta di avvilimento.

Carlo si strinse nelle spalle e restò zitto. A dirgli che la decisione di venire a Pola non era poi quel miracolo che avevano creduto bastava sua moglie. Tutte le sere, massaggiandosi i polpacci induriti e mettendo impacchi di aceto sulle caviglie gonfie, Agnese iniziava quella sua nenia a bassa voce a ripetere che sua sorella Silvana si era sbagliata quando l'aveva convinta a venire a Pola, dicendole che le cose sulla costa erano diverse, perché lei, già nei primi giorni in città, aveva capito che a Pola i titini erano feroci come in campagna. Non ce n'era uno tra quelli che entrasse in negozio! E meglio così, perché lei i loro soldi non li voleva. Ma passavano davanti alla bottega con le mani dietro la schiena, buttavano dentro certe occhiate da far paura e strattonavano in avanti le mogli, come si fa quando si vuole impedire a qualcuno di vedere qualcosa di imbarazzante o disdicevole o spaventoso.

All'inizio di giugno, quando avevano aperto il negozio sul corso, Carlo non le aveva dato retta, perché Agnese era così, sempre scontenta, sempre pronta a puntare il dito sulle pecche di uno, sulle magagne dell'altro, sempre pronta a fare la vittima di un'ingiustizia che ai suoi occhi aveva sempre le sembianze di un cliente scomodo. Ma Carlo sapeva anche che Agnese, i giudizi, li teneva per sé, non dava mai a vedere niente in negozio, preoccupata com'era che i clienti potessero aversene a male e non tornassero più. E allora gli pareva normale che la sera si sfogasse con lui, che la conosceva come le sue tasche e sapeva che abbaiava tanto ma i denti per mordere non ce li aveva, e trattava il negozio come se fosse una delle sue figlie.

Con il passare delle settimane, però, si era accorto della tensione, aveva iniziato ad ascoltare i discorsi, si era messo a frequentare il Circolo degli italiani, dove non si faceva che parlare ancora delle esplosioni del Molo Carbone e della polveriera di Vallelunga. Morti, feriti, danni.

«Io non lo so mica se Pola è proprio un'oasi» disse infatti Jacopo con la sua voce roca. «Qui i titini saranno anche meno, ma sono inviperiti come se fossero un esercito intero.»

Lui a Pola ci era nato ma se ci rimaneva – diceva sempre più spesso – era solo per la moglie, che era infermiera all'ospedale e da là non si voleva muovere. Lui voleva andare a Milano, dove aveva un cugino che gli mandava notizie di spettacolari progetti di ricostruzione e grande fermento, ma la moglie protestava, diceva che là sarebbe toccato a lei battersi contro gli sguardi cattivi, la discriminazione, le parole difficili, i colleghi diffidenti. E Jacopo si era arreso, dimenandosi come poteva tra le correnti opposte, le sfuriate e le arringhe che animavano gli avventori del Circolo: quelli che dicevano di voler partire, quelli che minacciavano di farlo in massa, quelli che dichiaravano di voler restare anche a costo della vita.

«Per mettere una bomba e farci saltare tutti in aria ne basta uno, di titino» commentò Sebastiano amaramente.

«E di bombe ce ne sono» ribatté svelto Candido.

Carlo lo guardò allarmato perché più di tutto temeva quella violenza sconsiderata e cieca che gli aveva tolto il sonno dai tempi della guerra.

«Parli dei fusti sulla spiaggia di Vergarolla?» fece Sebastiano.

«No. Quelli sono sicuri» disse una voce pacata alle sue spalle.

Sebastiano si voltò e fece un cenno di saluto a Giuseppe, che ricambiò alzando appena il cappello dalla falda larga, mentre aggiungeva la sua sedia al cerchio.

«Come facciamo a esserne sicuri?» obiettò Carlo inquieto.

«Eh, già» gli diede corda Jacopo. «Gli slavi gli stanno facendo la corte a quel mucchio di esplosivi. E se non glieli diamo con le buone, finisce che se li prendono con le cattive.»

«Non possono» spiegò calmo Giuseppe. «Quei fusti sono un bottino di guerra e gli inglesi ne hanno la piena responsabilità.»

Tutti si zittirono, per quella considerazione timorosa che avevano per il dottor Frattini e, forse ancora di più, per quel fare serio e attento che aveva di mescolarsi a loro, senza pretese, senza chiasso né alterigia, anzi, sempre pronto a spiegare due volte invece di una, ad ascoltare, a prestare attenzione. E così nessuno si indispettiva mai per quei suoi vestiti sempre in ordine, le unghie bianche, la pelle sottile; nessuno gli faceva il verso se parlava un italiano forbito, condito con vezzi lievi che non tradivano superbia ma solo una cultura vasta, costruita negli anni di studio.

Teneva sempre *L'Arena* in tasca, arrotolata stretta come il cannocchiale che faceva da bambino per scrutare l'orizzonte, ma di politica parlava solo lì, al Circolo, perché all'ospedale per lui i pazienti erano tutti uguali e sapere da che parte stavano, come ripeteva sempre a Ottavia, non era necessario per curarli bene.

«A febbraio, dopo l'esplosione della polveriera di Vallelunga, un ingegnere mandato dagli inglesi ha rinnovato l'ispezione dei fusti sulla spiaggia di Vergarolla» continuò

Giuseppe. «Li ha passati in rivista a uno a uno e ha confermato che non c'è nessun pericolo. Sono pieni di esplosivo, è vero, ma non ci sono gli inneschi. Niente inneschi, niente possibilità di esplosione.»

«Meglio così» commentò Sebastiano assorto.

«Gli inglesi, i titini, noi…» protestò Candido, «e il governo di Roma? Dov'è? Cosa fa?»

«Non fa niente» sbottò Jacopo. «E se le cose continuano così, anche mia moglie si dovrà mettere il cuore in pace, perché io me ne vado in Italia.»

«Ma siamo già in Italia!» gli rispose Berto scuotendo la testa e toccando istintivamente il fischietto che aveva al collo, sperando forse di poter rimettere a posto le cose con la stessa facilità con cui metteva in riga i ragazzi durante le attività sportive.

«E lei, dottor Frattini? Cos'ha intenzione di fare?» chiese Jacopo.

«Io resto qui» rispose Giuseppe senza esitazione, guardando tutti e nessuno. «Il mio mestiere è guarire le persone, o almeno provarci. Tutte le persone, di qualsiasi origine, religione, etnia. Qui o altrove, non faccio distinzioni.»

Jacopo tacque avvilito, e Carlo abbassò lo sguardo cercando un modo di far combaciare quella limpida determinazione con il pessimismo di Agnese e gli sguardi torvi dei croati che l'avevano spinto ad andarsene da Pisino.

«Io dico che il dottor Frattini ha ragione» disse infine Candido con voce forte, battendo con la mano aperta sulla coscia. «Dobbiamo restare e non cedere. Altrimenti la diamo vinta agli slavi.»

«Hai ragione!» si aggregò subito Sebastiano, accalorandosi. «Ogni passo indietro che facciamo noi è un passo avanti che fanno loro.»

Sebastiano non si soffermò a chiedersi se ci fosse davvero nelle parole di Giuseppe la velleità bellicosa che c'era invece nelle sue, ma vi si aggrappò con forza, quasi con disperazione, per spazzare via le esitazioni degli altri e forse un po' anche le proprie.

«Ce ne sono già abbastanza di codardi» continuò ad arringare, «tutti vestiti come damerini, con i capelli impomatati. Tutti allineati, là a Parigi, pronti a calar le braghe davanti a quelli più furbi che intanto si spartiscono l'Europa. Dobbiamo resistere. Almeno noi, qui, dobbiamo resistere. È la nostra ultima spiaggia!»

10

Alvise era stato scosso dalle lacrime di Rita e più ancora dalla sfuriata insolitamente severa che aveva aggiunto Sebastiano, che l'aveva trattato da irresponsabile e perditempo. Ma la madre e il padre non erano riusciti a farlo sentire in colpa per Bruno e, anzi, avevano ravvivato in lui una rabbia dura che, senza trovare le parole per essere detta e non avendo più diritto all'azione, lo rendeva taciturno e malmostoso. Non voleva rinunciare alla compagnia degli altri, ma in qualche modo le sgridate dei genitori gli avevano ficcato in testa l'idea che sarebbero stati loro a non volerne più sapere niente di lui.

Per qualche giorno era rimasto rintanato in casa, prestandosi a qualsiasi gioco con Nicolò, stendendosi sul pavimento fresco a guardare le strisce luminose che il sole disegnava sulla parete, tenendo il muso alla madre e al padre senza però mai disobbedire, né sottrarsi alle corvè che gli venivano imposte con fare brusco.

E, quando infine era uscito, aveva visto da lontano Zeno e Lorenzo che tornavano a casa insieme dando calci a un pallone e – ne era certo – avevano finto di non accorgersi di lui.

Anche in Zeno qualcosa si era effettivamente incrinato. La ramanzina della madre e il pacato ma intransigente sermone del padre l'avevano avvilito e, nonostante si sforzasse di non mostrare risentimento, da quel momento, però, non aveva quasi più parlato di Alvise e quando incontrava Lorenzo si fermava un po' a giocare con lui. Frequentandolo, Zeno si era accorto che Lorenzo era meno arrogante e spocchioso di quanto dicesse Alvise e molto più simile al compagno di giochi tranquillo e accogliente che gli descriveva la madre.

Così, la settimana dopo l'incidente, quando erano andati tutti in spiaggia con il carro della parrocchia e don Gabriele aveva cominciato a fare le squadre di pallanuoto partendo come sempre dalla coppia Alvise e Zeno, che lui, come tutti, considerava inseparabile, Alvise aveva detto semplicemente: «No, Zeno sta con Lorenzo.»

«Ah» si era limitato a commentare il parroco passandosi un fazzoletto sul viso accaldato.

Alvise aveva annuito serio, senza guardare nessuno in faccia e senza accorgersi allora che nessuno osava guardare lui. Avrebbe voluto che Zeno improvvisamente cambiasse tutto, si avvicinasse e gli dicesse: «No, io sto in squadra con te, come al solito.»

Invece Zeno non si era mosso ed era rimasto con Lorenzo, mentre Monica ed Elena ripagavano il suo broncio con l'indifferenza.

E Zeno stava con Lorenzo anche quando Alvise si allenava. Non potendo più andare da solo fino a Vergarolla, capitava infatti sempre più spesso che, "per fare fiato", Alvise si mettesse a correre intorno al caseggiato o scendesse fino alla piazzetta o un po' più in giù, verso il mare, ma sempre scegliendo un percorso ad anello da ripetere cinque, dieci, quindici volte in tempi sempre più brevi.

Allora Nicolò si sedeva su un muretto e aspettava che Alvise passasse per gridare scomposti incoraggiamenti, pur senza sapere se quella volta era stato più o meno veloce della precedente. Spesso si mettevano accanto a lui anche Sergio, che abitava proprio sulla piazza, e Bruno che, a differenza della madre, non aveva mai considerato Alvise responsabile della sua malattia e anzi, impaziente che quell'incidente venisse dimenticato dagli amici, era il primo a fare il tifo per Alvise, quasi volesse riconquistarne il rispetto.

Qualcosa si era insinuato invece irrimediabilmente tra Zeno e Alvise, come pulviscolo, e non sapendo cosa fosse né come sbarazzarsene, i due semplicemente si tenevano lontani l'uno dall'altro.

Si presentarono a distanza anche il sabato pomeriggio in cui don Gabriele li riunì tutti in chiesa per dare il via alla processione del Redentore. A dire il vero a Pola non si era mai festeggiato il Redentore, ma a tutti i parrocchiani, stupiti di quella novità, il parroco aveva risposto con entusiastica determinazione che, dopo tante sofferenze, era arrivato il tempo di celebrare e ringraziare.

Era perfino riuscito a convincere la perpetua a tirare fuori le tovaglie più belle per l'altare, quelle ricamate dalle carmelitane e rimaste nascoste nella naftalina per anni, mentre alle donne, in parrocchia, aveva spiegato che avrebbero fatto una processione semplice, dal sagrato verso i giardini e poi, allungando un po', verso la scuola vecchia e su fino alla piazzetta. Avrebbero camminato, pregato e cantato. I bambini davanti, e dietro tutti gli altri.

«I chierichetti porteranno i ceri votivi. E avranno anche la tunica» aveva spiegato don Gabriele con un'ombra di autocompiacimento. «Agli altri bambini darò delle candele più piccole, con bicchierini di carta colorati, verdi e rossi.»

Così, soddisfatto di essere riuscito a organizzare quella processione a cui tanto teneva e che tanto lo riportava agli anni giovanili trascorsi in seminario a Venezia, quel sabato di luglio don Gabriele riunì tutti i bambini in canonica e, dopo aver rispiegato per la centesima volta e nei minimi dettagli l'ordine nel quale si sarebbero dovuti disporre, la sequenza dei canti e delle preghiere, il percorso, il modo di tenere i ceri e le candele, finalmente li autorizzò a servirsi dai vassoi appoggiati là, in bella mostra, con bicchieri alti di limonata, frollini e cestini colmi di albicocche.

Poi, quando il caldo della giornata si era già smorzato, l'aria era diventata più mite sotto un cielo blu striato da nuvole chiare, la colonna smilza dei parrocchiani che avevano assistito alla messa vespertina uscì dalla chiesa e si mise alle spalle di don Gabriele e di tutti i bambini che lo seguivano.

Sergio e Lorenzo, nelle tuniche bianche da chierichetto troppo corte per loro, affiancavano il parroco tenendo con precauzione due grossi ceri. Di tanto in tanto Sergio, con una smorfia tra il divertito e l'imbarazzato, si chinava un poco in avanti per spiare Lorenzo, che lo guardava però con un viso serio e assorto. Allora Sergio, che aveva accettato a malincuore quel posto di chierichetto e camminava goffamente con la tonaca che gli solleticava i polpacci e le braccia indolenzite per il cero troppo pesante, si voltava continuamente indietro a guardare gli altri. I bambini alle sue spalle avevano i visi addolciti dai bagliori verdi e rossi che la luce delle candele creava attraverso la carta colorata, gli occhi ridenti, la postura rigida e la camminata forzatamente lenta.

I primi alle loro spalle erano Zeno e Monica, affiancati da Daniele, Elena e Anna; seguivano Bruno e Nicolò, e infine Alvise, che avanzava svogliato. Giocava con la carta della candela e lanciava occhiate nervose in avanti a Monica e Zeno, e poi indietro alla madre. Rita gli dava spinte leggere sulla schiena perché non si allontanasse troppo dagli altri e non rallentasse. Elena lo guardava di sottecchi e intanto camminava orgogliosa al fianco di Zeno, il quale invece avanzava con lo sguardo ostinatamente rivolto verso don Gabriele.

All'ennesimo richiamo di Rita, Alvise fece un balzo in avanti e si mise a cantare con voce sgraziata e monocorde, bassa quando tutti impennavano, improvvisamente acuta quando il coro lasciava sfumare l'ultima nota. Fuori dalla portata della madre, Alvise arrivò a due passi da Monica che, ficcando la testa nelle spalle, con la faccia contratta in una smorfia, non riuscì a trattenere una risata silenziosa.

«Alvise fa lo scemo» bisbigliò Monica avvicinandosi a Zeno, che per tutta risposta alzò le spalle in un gesto di disinteresse, ma brusco e nervoso, come se le parole di Monica fossero la puntura di un insetto che doveva togliersi di torno.

Catturato dallo spettacolo esilarante del fratello e ignorando i richiami nervosi della madre, Nicolò si affrettò a mettersi accanto ad Alvise, preoccupato solo di non perdersi neanche una delle sue invenzioni.

Anche Daniele non riusciva a smettere di ridere e, tenendo la candela con una mano, premeva l'altra sulla bocca, senza riuscire però a trattenere grugniti e gridolini.

«Smettila!» gli intimò Zeno con insolita severità.

Daniele si calmò per un attimo, ma dopo poco riprese a dimenarsi e Zeno lo prese allora per un braccio e lo tirò accanto a sé, obbligando Elena a retrocedere di un passo.

Bruno restava un po' in disparte, perché sapeva che la madre lo teneva d'occhio e, allargandosi verso l'esterno della fila, iniziò a camminare sulla scia di Elena, che si voltò stizzita, obbligandolo a indietreggiare.

A una nuova stonatura di Alvise, Monica rise ancora e tirò Zeno per la manica della camicia cercando la sua complicità. Zeno si riprese il braccio con uno strattone che Monica ignorò, ma l'indignazione dell'uno e il divertimento dell'altra non sfuggirono ad Alvise che, anzi, si sentì incoraggiato. Continuando a tenere gli occhi puntati su Monica, ma senza perdere di vista Zeno, si sforzava di inventare sempre nuove terribili distorsioni sonore per attirare la loro attenzione. Monica rideva, tappandosi un orecchio con la mano libera, ma Zeno, reggendo con applicazione la sua candela, continuava a lanciare occhiate cupe a Daniele, che era sgusciato indietro e rideva sotto i baffi.

Mentre il canto si dissolveva con un tremolo incerto, la voce forte di Alvise planò su tutti e fece voltare perfino Lorenzo. La scena che gli si parò davanti gli fece sgranare gli occhi: la fila tanto accuratamente costruita da don Gabriele si era trasformata in un agglomerato confuso dal quale si distaccavano la figura sottile e alta di Alvise a sinistra e quella un poco curva di Bruno a destra.

L'unico a non accorgersi di quello che stava accadendo alle sue spalle era proprio don Gabriele, il quale, completamente immerso nel suo ruolo di guida e pastore di anime, camminava con passo solenne davanti al gruppo e cantava più forte di tutti. In mano reggeva il crocifisso ligneo con l'aureola dorata che aveva tolto dall'altare della chiesa e lo alzava di fronte a sé come fosse una reliquia miracolosa per mostrarlo ai fedeli che si affacciavano ai lati della strada. Nel mentre, intonava i canti a voce piena, nascondendo così, dietro la scusa di insegnare la melodia ai parrocchiani, il suo innocente peccato di vanità per la propria bella voce da tenore.

Dopo poco, la testa della processione entrò nella piazzetta dove, su richiesta di don Gabriele, alcune case avevano decorato i davanzali con lumini e tappeti colorati. Le donne si infilavano alla chetichella nel corteo, facendo frettolosi segni di croce e salutando con brevi cenni del capo, poi cominciavano a cantare con voce timida, sgranando un rosario che oscillava sui vestiti estivi. Gli uomini, invece, rimanevano a guardare, in piedi sull'uscio di casa con le mani dietro la schiena, oppure seduti sui terrazzini stretti a prendere il fresco.

Il Circolo, situato proprio all'entrata della piazza, era tutto illuminato e come ogni sabato gli uomini se ne stavano seduti in cortile a chiacchierare. All'arrivo della processione molti di loro si alzarono e si affacciarono sulla strada, incuriositi e muti, come se a sfilare fosse un corteo funebre. Ritto in piedi davanti alla porta, con le braccia conserte e lo strofinaccio sulla spalla, Berto nascose sotto la camicia il fischietto che portava al collo, come faceva le poche volte che andava in chiesa, e annuì lentamente in una personale e silenziosa approvazione di quella nuova trovata di don Gabriele che – lui lo capiva – serviva a dare ai polesani nuove ricorrenze da festeggiare e nuove speranze.

Accanto a lui, Carlo si tolse il cappello al passaggio del crocifisso, Candido si fece un segno della croce piccolo e veloce, Jacopo si accese svogliato un'altra sigaretta, mentre Sebastiano se ne stava allegro con le mani in tasca. Appena lo vide, Rita gli lanciò un sorriso teso, come una richiesta di aiuto in quella battaglia vana che stava conducendo contro i figli. Sebastiano, però, che non aveva visto nulla di quello che era successo fino a quel momento, le rispose facendole l'occhiolino, così che lei, confusa, per un attimo brevissimo dimenticò le sue preoccupazioni.

Che fosse stato per i movimenti repentini della testa di Monica a cui seguivano le sferzate imprevedibili della sua treccia, o per l'andatura goffa di Nicolò che si affannava per restare al fianco di Alvise, o per il progressivo ammassarsi dei bambini al centro del corteo, sempre più incuranti di rispettare la disposizione lungamente spiegata da don Gabriele, o perché l'apprensione per le candele che tenevano in mano era scemata, lasciando il posto alla più familiare voglia di divertirsi, che fosse stato, insomma, a causa di uno di questi fattori o del trambusto derivato dalla loro somma, la candela di Nicolò entrò in contatto con i capelli di Monica che presero fuoco.

Spaventato, in un unico movimento Nicolò lasciò cadere la candela e si portò le mani alla faccia. Nella caduta, il bicchierino di carta che proteggeva la fiamma prese fuoco anch'esso, trasformando la candela in una torcia che iniziò a rotolare sul selciato leggermente in discesa fino alle spalle di don Gabriele e appiccò il fuoco all'orlo della sua tonaca.

Preso dal fervore del proprio canto, don Gabriele non si accorse di nulla e continuò a camminare. Sergio e Lorenzo, invece, alla vista delle fiamme si staccarono da lui, deviando bruscamente a destra e a sinistra, aggrappandosi al cero che reggevano in mano e poi soffiandoci sopra, come se spegnere quelle fiammette irrisorie potesse contribuire a risolvere il problema.

Nel frattempo, Monica si era messa a gridare, girando spaventata su sé stessa. Ci fu un tramestio confuso, un soffiare, uno sventolare di mani, un chiamare aiuto, un chiedere acqua. Bruno e Daniele si nascosero dietro a Zeno, che restava là, con la sua candela ancora accesa davanti alla faccia, lo sguardo atterrito che guardava ora le piroette scomposte di Monica ora l'orlo infiammato della tonaca di don Gabriele. Nicolò, senza urlare né piangere, si accucciò dov'era, premendo entrambe le mani sulla bocca, e il piccolo incendio che don Gabriele si trascinava dietro come una coda diabolica illuminò il suo visetto spaventato.

«Il fuoco… Il fuoco…» riuscì a dire Zeno, incapace anche solo di pensare.

Ma lo disse così piano che nessuno in quella confusione poteva sentirlo e tanto meno don Gabriele che, continuando ad avanzare mentre tutti gli altri si erano fermati, aveva già messo tra di loro qualche metro di distanza.

Alvise reagì d'istinto. Girando intorno uno sguardo rapido e agguerrito, notò il golfino che la madre teneva al braccio, come sempre quando usciva di sera, lo afferrò senza lasciarle il tempo di protestare, e lo usò come scudiscio per sferzare la fiamma sulla schiena di Monica. Lei però continuava a girare su di sé terrorizzata, rendendo inefficace il suo gesticolare.

Alvise allora la bloccò, prendendola fermamente per le spalle, e soffocò con il golfino di sua madre la fiammella tenace che bruciava all'estremità della treccia. Avevano entrambi il fiato corto, gli occhi che bruciavano, le narici piene di quello stesso odore che saliva dai cortili quando le donne spiumavano i polli, mescolato all'altro, dovuto alla combustione del tessuto.

Dopo quell'attimo di incredulità, Alvise la guardò, finalmente sollevato, e il volto di Monica si illuminò di un sorriso limpido di gratitudine. Zeno fece un passo timido verso di loro ma, prima che potesse trovare anche solo un gesto possibile da compiere, Elena gli passò davanti e andò ad abbracciare la cugina in un fiume di quelle parole che si lasciano dietro le catastrofi quando vengono sfiorate.

Li distrasse subito lo spingere confuso della gente che inseguiva con affanno don Gabriele, il quale proseguiva ancora con il suo strascico di fuoco. Infine, Alvise si sentì spingere di lato dalle braccia robuste di Sebastiano che si fece largo a passi lunghi e con fare sicuro.

Vedendo arrivare suo marito, che teneva in mano uno strofinaccio umido che forse gli aveva dato Berto nella concitazione, Rita si mise a gridare a gran voce di spostarsi, di lasciar passare. Fu lei stessa a prendere finalmente il parroco per le spalle mentre Sebastiano, con un gran movimento di mani e di piedi, spense in quattro e quattr'otto il modestissimo incendio.

Richiamati dal trambusto, altri uomini si erano avvicinati e una donna era perfino accorsa con una brocca d'acqua, che poi aveva svuotato nei vasi di gerani stanchi che adornavano le sue finestre.

Don Gabriele, finalmente aggiornato su ciò che era accaduto, accolse con stupore le spiegazioni concitate della gente, il sollievo di Rita, il racconto confuso dei bambini, guardò stupito l'orlo smangiucchiato e ancora fumante della sua tonaca e, alzando gli occhi al cielo, si fece il segno della croce, ringraziando a destra e a sinistra non sapeva nemmeno lui chi.

«Andiamo avanti e ringraziamo il Signore» disse infine.

E la processione, trasformata in un gruppo chiassoso di persone, si distese lentamente, riprese a muoversi attraverso la piazza poi, con un andamento mogio e irrimediabilmente distratto, rientrò nel sagrato della chiesa. Al posto dei canti si levavano preghiere stanche e un chiacchiericcio ostinato, che non aveva più niente a che fare con l'idea che don Gabriele si era fatto di quella cerimonia.

«Sempre con la testa per aria, a combinare malanni» brontolò Rita strattonando Nicolò mentre rientravano stanchi lungo lo stradone appena illuminato. «E cosa gli è venuto in mente al prete di dare in mano le candele ai bambini! È fuoco, mica lo Spirito Santo. Altro che!»

Nicolò cercò di liberarsi dalla mano arrabbiata della madre ma rinunciò subito, perché quella stretta era meglio dello scappellotto che Rita era a un soffio dal dargli.

«E tu?» continuò lei implacabile, rivolgendosi ad Alvise. «Non hai trovato altro che il mio golfino per fare l'eroe?»

«E dai, Rita» intervenne Sebastiano mettendole un braccio intorno alle spalle, «non è successo niente ed è anche merito di Alvise. È stato svelto, invece di restare lì piantato come un allocco, come tutti gli altri.»

Alvise rimase muto e sorrise appena di quel complimento. Era pericoloso approfittare delle crepe anche lievissime che affioravano talvolta nel legame forte dei genitori, e sapeva che la madre gliel'avrebbe fatta pagare se si fosse accomodato sull'approvazione del padre per consolarla del golfino bruciacchiato.

«Almeno una cosa l'ha imparata lavorando in bottega con il legno» continuò Sebastiano. «Ha imparato che il fuoco va spento in fretta e senza tante moine.»

Rita lanciò ad Alvise un'occhiata di traverso, nella quale affiorava anche un'ombra di approvazione.

«Io, però, avevo solo quello, di golfino» borbottò infine, e lasciò andare la mano di Nicolò, che corse a nascondersi al fianco del fratello.

11

Agnese e Carlo sorridevano con un velo di imbarazzo. Lei teneva in equilibrio sulla mano un vassoio impacchettato con una carta oleata chiusa da uno spago di rafia, lui aveva una mano appoggiata sulla spalla di Monica e con l'altra schiacciava il cappello contro il torace largo. Nascosta dietro le gonne della madre, faceva capolino la testa ricciuta di Anna con il suo sorriso furbo.

Così se li trovò davanti Rita quando andò ad aprire la porta. La prima cosa che pensò fu quanto il vestito colorato di Agnese stridesse con la penombra miserabile del pianerottolo di casa sua, che il disagio di quell'incontro inaspettato faceva apparire ai suoi occhi ancora più spoglio. Allora, senza quasi rendersene conto, si passò le mani sulla nuca, si ravvivò i capelli tirati indietro con due pettinini di osso e lisciò la gonna nascosta dietro il grembiule.

«Buongiorno, entrate, entrate» ruppe il ghiaccio Sebastiano.

«Entrate, entrate» si affrettò a ripetere Rita, mentre Nicolò le girava intorno alle gambe contento di quella novità.

«Non vogliamo disturbare» si confuse un po' Carlo.

«Volevamo solo ringraziare per il bel gesto di Alvise... Ieri sera, alla processione...» aggiunse Agnese piantata sul pianerottolo.

Rita restò a bocca aperta e si voltò a cercare Alvise, che si fece avanti imbarazzato.

«Ma che disturbo, ci mancherebbe!» esclamò Sebastiano prendendo Carlo per il braccio e tirandolo dentro casa.

Rita si aggrappò alle spalle gracili di Nicolò, tra il sollievo di scoprire il motivo di quell'insolita visita e la preoccupazione di non poter sottrarre al giudizio dei Rocchi la modestia del proprio appartamento. Agnese entrò in cucina con precauzione senza disfarsi della postura eretta e imponente che adottava in negozio, il vassoio di paste perfettamente orizzontale all'altezza del petto e la borsetta rossa che pendeva dal gomito piegato.

Rita guardò con avvilimento la stanza, la tavola ancora ingombra dei resti del pranzo domenicale, la bacinella stracolma di panni umidi spinta contro la finestra spalancata, la porta della camera socchiusa che mostrava il letto ancora sfatto dei bambini.

Con gesti nervosi si mise a togliere piatti e bicchieri, a passare la mano sulla tovaglia per racimolare le briciole prima di rassegnarsi a tirarla a sé in un grumo di tessuto che si aprì come una vela fuori dalla finestra. Poi svelta ritornò a coprire il legno lucido del tavolo, dove il cerchio lasciato da una pentola ravvivò la sua stizza nei confronti del marito che, nonostante le sue lamentele, non si decideva a levigare e riverniciare i mobili di casa.

«Non si disturbi, per carità» protestava Agnese, a cui non era sfuggito il gesticolare di Rita e che ora sentiva smorzarsi dentro di sé lo slancio di sincera gratitudine che li aveva spinti a presentarsi così, senza preavviso, a casa dei Dorigo, facendola sentire inopportuna e scortese.

«Ma sì, ma sì, prego, accomodatevi… Non è un granché, ma è la tovaglia buona della domenica, quella della dote» rispose Rita con un sorriso tirato, incapace di tenere a bada quel modo tutto suo di lamentarsi della propria condizione e allo stesso tempo di rivendicare se non il benessere, quanto meno un decoro, di cui fingeva di accontentarsi per non sembrare immodesta.

«Volevamo ringraziarvi, tutto qua» ribadì Carlo mentre la moglie appoggiava il vassoio di paste al centro della tavola con una lentezza un po' pomposa che contrastava con la semplicità che lui rivendicava.

«Soprattutto Alvise» riprese Carlo, «perché se non fosse stato così svelto e coraggioso, non sarebbe bastato tagliare solo dieci centimetri di capelli!»

E Monica scosse la testa sorridendo per mostrare a tutti i riccioli ramati che, invece di essere raccolti nella solita treccia lunga oltre le scapole, sfioravano vaporosi le spalle magre.

«Gli altri ragazzini sono rimasti là, impalati. Ha fatto tutto lui» continuò Agnese.

Rita a poco a poco si rilassò e il viso le si illuminò nell'ascoltare le lodi che i Rocchi lanciavano a suo figlio.

«Sedetevi, sedetevi» fece quindi con un'allegria nuova, «e mangiate un po'. Guarda che meraviglia!» disse aprendo l'incarto del vassoio e scoprendo tre file di paste alla crema.

«No, no, sono per voi» protestò Agnese agitando una mano davanti a sé.

Sentendosi autorizzato da quella frase, Nicolò allungò per primo una mano sul vassoio e si portò svelto alla bocca una pasta. Anna lo imitò ridendo e subito si avvicinarono al tavolo anche Monica e Alvise.

«Vi faccio un bel caffè, allora» disse Rita finalmente più a suo agio, «che adesso ce lo possiamo permettere.»

«Prima c'era la guerra, e chissà domani cosa ci aspetta» buttò là Sebastiano guardando Carlo che annuiva serio e finalmente si sedeva, mettendo fine a quella lunga serie di convenevoli.

«Per noi i clienti sono tutti clienti» fece Agnese, «ma per loro, beh, i negozi non sono tutti uguali.»

«E neanche i clienti» replicò Rita senza smettere di riempire la caffettiera e cominciando a raccontare come al mercato il venditore croato avesse rifiutato di servirla.

«Noi andiamo giù in piazzetta» disse Alvise e, prendendo lo sguardo luminoso e fiero della madre per un consenso di cui sapeva di non poter abusare a lungo, aprì la porta di casa e scese di corsa le scale tuffandosi nel cortile levigato dal sole, seguito da Monica, Nicolò e Anna.

«Ma a te, il fuoco non ti fa paura?» chiese Anna ad Alvise mentre camminavano verso la piazza.

Lui si strinse nelle spalle voltando appena la testa verso di lei, che invece lo fissava con limpida ammirazione.

«Sì che ha paura» intervenne Nicolò, «solo che lui non scappa!»

Monica non aggiunse nulla a quella definizione semplice e ineccepibile del coraggio e prese a seguire la sorella che camminava svelta sul ciglio dello stradone, calpestando i ciuffi arsi di erba e alzando a ogni passo una polvere bianca e asciutta che si depositava sugli orli stirati dei vestiti della domenica.

Arrivati nella piazzetta vi trovarono già Sergio e Bruno, intenti a tirare le biglie su un circuito di terra arida che, delimitata da una bordura bassa di pietra, circondava il tronco esile di un giovane platano.

«Ciao Alvise, ti alleni anche oggi?» lo salutò Bruno con entusiasmo.

«Mah, non so» rispose Alvise svogliato. «Abbiamo appena pranzato.»

«Ehi, guarda, ci sono anche Zeno e Lorenzo» fece Monica guardando oltre le spalle di Alvise, che si voltò di scatto.

Zeno e Lorenzo uscivano ridendo da sotto i portici ma, alla vista di Alvise, la risata di Zeno incespicò, restò sospesa un attimo nell'aria calda e poi svanì. Lorenzo allora si guardò intorno e scorse a sua volta Alvise che li fissava da lontano con un'espressione seria.

Alvise non riusciva ancora a perdonare a Zeno il modo sbrigativo in cui l'aveva lasciato solo, dopo l'incidente di Bruno, e covava un sentimento triste e informe di tradimento. Quando lui era stato sgridato dagli adulti, Zeno non si era schierato dalla sua parte e invece aveva preferito avvicinarsi a Lorenzo.

E ora, nonostante il trascorrere delle settimane, Zeno non dava segni di ripensamento e, anzi, sembrava proprio fiero di andare in giro con Lorenzo e con gli altri "come lui", come diceva sua madre.

Alvise pensò che forse sua madre aveva proprio ragione – e l'aveva sempre avuta – quando sciorinava le sue premonizioni sul futuro, dicendo che lui e Zeno si sarebbero inesorabilmente allontanati. Ma pensò anche che se la loro amicizia non era capace di superare un incidente così piccolo, una bravata finita male, ma pur sempre una bravata come tante, allora non era un'amicizia così forte come lui credeva.

«Ehi!» Monica richiamò l'attenzione di Zeno e Lorenzo con grandi gesti delle mani. «Venite, venite! Facciamo una gara!»

Zeno si avvicinò svogliatamente ma, nonostante tutti gli altri intorno, guardava solo Alvise, la sua espressione imbronciata e dura, senza un'ombra di allegria.

«Dai, fate una gara di corsa» esclamò Monica, guardando ora l'uno ora l'altro. «Così vi allenate per la gara di agosto!»

«Ma la Coppa Scarioni non è una corsa a piedi» disse Zeno.

«Beh, cosa c'entra?» lo zittì Monica senza smettere di guardare Alvise. «È sempre un modo per allenarsi e mettersi alla prova, no?»

«E perché solo noi?» replicò lui prontamente. «Anche Bruno e Sergio possono partecipare.»

«Beh, sì» sbuffò Monica spazientita.

«Voi ci state?» insistette Zeno rivolgendosi a Bruno e Sergio.

«Così sappiamo già chi arriva ultimo» rispose Bruno lamentoso.

Sergio gli mise un braccio intorno alle spalle e gli sussurrò qualcosa all'orecchio che riuscì a farlo ridere. Solo Alvise restava serio e impassibile, con lo sguardo di sfida puntato su Zeno.

Monica tracciò svelta con la punta della scarpa una riga sul sottile strato di polvere che copriva il selciato poi, mentre Anna le saltellava intorno, li prese a uno a uno per le spalle e, spingendoli da dietro, li allineò come soldatini ubbidienti. Zeno lanciò ad Alvise uno sguardo carico di risentimento, ma Alvise distolse gli occhi, concentrandosi sulla strada deserta di fronte a sé.

«Siete pronti?» chiese quindi Monica a gran voce. «Fate il giro dell'isolato. Uno solo. Non contiamo il tempo, non serve. Vediamo solo chi arriva primo. Partite al mio via.» Li guardò tutti con occhi vivaci, alzò il braccio e poi, contando un dito alla volta, urlò: «Uno, due, tre… Via!»

Alvise scattò in avanti prendendo subito un metro di vantaggio sugli altri; Lorenzo e Zeno, colti alla sprovvista, accelerarono con movimenti scomposti di tutto il corpo e lo raggiunsero. Stavano quasi per superarlo quando arrivarono alla prima curva e, urtandosi goffamente, persero tempo, lasciando che Alvise imboccasse il portico stretto davanti a tutti e li distanziasse ancora. Sergio, che li seguiva qualche metro indietro, pensò di superarli correndo sulla strada, ma presto si rituffò nel fresco del portico per schivare un gruppetto di giovani in bicicletta che scampanellavano impazienti alle sue spalle. Dietro a tutti arrivava Bruno che buttava in avanti le gambe grassocce, le braccia che penzolavano lontano dal corpo e la bocca spalancata in un'espressione che sembrava di spavento.

Le grida di Monica si spensero alle loro spalle mentre Nicolò, che cercava di inseguirli, dovette fermarsi di colpo quando l'oste, incuriosito da quel gruppetto di bambini in fuga, uscì dalla trattoria e gli si parò davanti come un ostacolo insormontabile.

Zeno aveva creduto di poter tenere il passo, ma alla seconda curva sentì già che le gambe si irrigidivano e i polmoni gli scoppiavano in petto. Alvise era almeno venti metri avanti, già alla fine del vicolo, mentre alle sue spalle sentiva avvicinarsi il fiato corto di Lorenzo.

«Ehi, stai spingendo?» gli disse Zeno nervoso, ma intanto derivava verso sinistra lasciandogli libero il passaggio.

«E tu? Stai mollando?» gli disse Lorenzo quando era già avanti di qualche passo, come aspirato dalla grinta di Alvise.

Zeno sfiorò con la spalla il muro fresco e lo spinse via con un gesto rabbioso che quasi gli fece perdere l'equilibrio.

Il vicolo svoltava bruscamente a destra; prima di sparire, Alvise gli lanciò un'occhiata vittoriosa e Zeno rallentò, abbandonando definitivamente il duello.

«Zeno! Bruno è inciampato!» gridò Sergio alle sue spalle.

Voltandosi senza fermarsi, Zeno vide Sergio che trotterellava piano accanto a Bruno zoppicante. Bruno gli fece un gesto arrabbiato con il braccio, intimandogli di continuare e si sforzò di correre con un'andatura normale, allontanando con stizza anche Sergio che gli teneva premurosamente il gomito. Zeno guardò in avanti verso Lorenzo, poi ancora indietro verso di loro, quindi accelerò, oltrepassò con un salto una siepe bassa e guadagnò così qualche metro sul ritardo incolmabile che lo separava da Lorenzo e Alvise.

Lo stradone si apriva davanti a loro, in un rettilineo assolato che Alvise attaccò con un'incredibile accelerazione. A ogni passo alzava una piccola nuvola di polvere che gli imbiancava i polpacci e gli seccava la gola.

Non si voltò più, corse con accanimento fino al bivio, e prese infine la discesa che lo riportava nel cuore dei caseggiati. Diede un'ultima occhiata alle sue spalle e, nonostante nessuno potesse più contendergli la vittoria, fece uno sprint finale e si fermò davanti a Monica con le braccia alzate ma un viso serio, un po' deluso e un po' arrabbiato.

«I tuoi avversari sono delle schiappe!» esclamò lei.

Arrivarono Lorenzo, poi Zeno, molto dopo Sergio e per ultimo Bruno, quasi camminando. E mentre tutti recuperavano il fiato, Monica euforica prese la mano di Alvise e la alzò in un gesto teatrale.

«Abbiamo il nostro vincitore» disse ridendo, ma era l'unica a farlo e Zeno li guardò avvilito.

«Non prendertela» fece lei, guardando la smorfia offesa di Zeno. «Bisogna anche saper perdere.»

«E chi se la prende?» rispose lui ancora piegato in due dallo sforzo, deglutendo a fatica.

«Vabbè. Adesso andiamo» disse Alvise, voltando le spalle al gruppetto che improvvisamente gli sembrò inospitale ed estraneo.

Toccò appena la spalla di Nicolò, che subito si incamminò al suo fianco.

«Beh, allora dobbiamo venire con voi» esclamò Monica, allargando le braccia in un gesto di divertita impotenza e chiamando Anna vicino a sé.

«E perché?» non poté trattenersi dal chiedere Zeno.

«I miei sono a casa di Alvise, per ringraziarli per la storia di ieri sera» spiegò Monica in fretta. «Non hai visto i miei capelli? Ho tagliato la treccia. Ma se non fosse stato per Alvise, avrei dovuto tagliarli così!» e fece un gesto rapido a disegnare una calotta sulla testa.

Zeno la ascoltò a bocca aperta e la guardò ridere mentre scuoteva fiera la testa per far danzare i riccioli vaporosi. Ma lei si voltò subito a controllare dove fosse Alvise e improvvisamente corse via per raggiungerlo.

"Vince sempre lui" pensò Zeno, rimasto là, piantato in mezzo alla piazza.

Alvise lo impressionava e intimidiva. Ancora una volta si sentì dall'altra parte della barricata, definitivamente nel rango dei suoi nemici, quella massa informe di pappemolli e secchioni che Alvise odiava tutti insieme, e provò un'improvvisa vergogna. Alvise gli mancava e forse, più ancora, gli mancava quella sensazione di forza che sentiva quando gli era accanto e che pareva averlo abbandonato, adesso che era solo. Zeno pensò che era Alvise quello forte, mentre lui fingeva di esserlo; era Alvise che si era buttato avanti a spegnere il fuoco, mentre lui non era neanche riuscito a gridare. Ma se fino a quel momento non aveva mai visto l'evidenza di quella debolezza e non ne aveva sentito il peso, adesso Zeno si sentiva smascherato agli occhi degli altri; e soprattutto agli occhi di Alvise.

«Si vuole mettere in mostra con Monica» tagliò corto Lorenzo. «Fa sempre così.»

Poi si voltò indifferente e raggiunse un gruppetto di ragazzini che avevano cominciato a tirare calci a un pallone di stracci.

Zeno si chiese se le cose stessero davvero così, se anche prima, quando erano amici, Alvise cercasse di mettersi sempre in mostra, se anche prima avesse bisogno di tanta attenzione. Si chiese se, davanti alle fiamme, Alvise avesse dunque reagito con prontezza solo perché si trattava di Monica, per mettersi in mostra con lei. Ma, seguendo quei pensieri, non poté fare a meno di chiedersi cosa avrebbe fatto Alvise se a prendere fuoco, invece dei capelli di Monica, fossero stati i capelli di un'altra bambina. O i suoi.

12

La mano di Sebastiano si appoggiò sulla testa di Nicolò, sfiorandone la massa scura di capelli. Il bambino si immobilizzò con la bocca spalancata e lanciò al padre un'occhiata stupita.

«Shhh! Ascolta» gli disse piano Sebastiano, mentre l'Arena di Pola, tutta intera, si riempiva del coro potente degli italiani che cantavano l'*Inno di Mameli*.

Nicolò, che fino a pochi attimi prima accompagnava i canti con ridicoli gesti da direttore d'orchestra, diventò improvvisamente serio, e come lui smise di scherzare anche Alvise, a disagio davanti agli occhi lucidi del padre e alla postura rigida e tesa della madre al suo fianco.

«Siamo italiani, lo capite?» disse Sebastiano ai figli, e intanto guardava la gente intorno senza decidersi a sedersi.

In quella mattinata luminosa di Ferragosto, le nuvole correvano veloci e il sole levigava la pietra e si infiltrava nelle arcate dell'Arena, disegnando finestre luminose sulla folla che gremiva gli spalti. Finito anche il *Va' pensiero*, un brusio allegro corse lungo le gradinate affollate e un vociare di bambini e un chiamare di madri e un ridere di ragazzi vestiti a festa. A poco a poco uscirono dai cesti pietanze profumate, bottiglie di vino, sacchetti di frutta che passavano sempre più leggeri di mano in mano.

Rita aveva voluto portarsi dietro anche le sorelle: Mirella, perché aveva una voce da soprano che attirava l'ammirazione e i complimenti di tutti, e Franca, perché se ne stava sempre rintanata in casa ed era così pallida e scialba che a guardarla sembrava ammalata.

Ottavia, dall'altra parte della gradinata, era seduta da sola, incurante del sole torrido e delle occhiate curiose della gente, per lo più assembrata in gruppi chiassosi. Teneva aperto al suo fianco un cesto pieno di morbidi panini, uva bianca, pomodori carnosi che Daniele veniva a piluccare di tanto in tanto. Giuseppe era rimasto per un po' con loro, appena il tempo di assistere alla cerimonia di apertura. Aveva tenuto Daniele sulle spalle, aveva cantato l'inno anche lui, ma poco dopo aveva riappoggiato Daniele per terra e aveva detto che doveva andare. Ottavia non gli aveva chiesto di restare, ma Zeno lo aveva salutato con una rassegnazione abbattuta che a lei non era sfuggita.

Lo spiazzo centrale dell'Arena era occupato per intero da attrezzi e strutture per gare di ginnastica e atletica. Berto, che spiccava tra tutti per il rosso sgargiante della maglietta, camminava avanti indietro indaffarato, con un asciugamano buttato sulla spalla al posto del solito strofinaccio. Teneva il fischietto finalmente in bocca, pronto a dare ordini, e sotto braccio una cartelletta sgualcita che non smetteva di aprire per controllare quello o quell'altro foglio. Poi si guardò intorno e, cercando con gli occhi i bambini, iniziò a fischiare a destra e a manca facendo grandi gesti per raccoglierli tutti intorno a sé.

Alvise fremeva per la voglia di cominciare a gareggiare e così, molto prima che fosse l'ora, prese Sergio per il polso e lo trascinò verso la cavallina, dove si trovava per l'appunto Berto, che tirava scrupolosamente una riga sul nome dei partecipanti di una delle sue tante liste.

«Ehi, Monica!» chiamò Alvise vedendola ai bordi della pedana di ginnastica, a due passi da Elena.

Monica si voltò verso di lui e si mise a salutarlo da lontano sventolando le mani piene di gesso, con le quali si era già inzaccherata i pantaloncini scuri.

Nello stesso momento si avvicinò anche Zeno, la pelle del viso abbronzata, un leggero velo di zucchero che gli sbiancava il labbro superiore e un'espressione spavalda che Alvise non conosceva. Lorenzo camminava dietro di lui.

«Fai la cavallina?» chiese Monica.

E a Zeno non sfuggì che per primo lo domandava ad Alvise: una scelta che, per quanto apparentemente insignificante, definiva con inconfutabile chiarezza ai suoi occhi un ordine di importanza nel quale il primo posto gli era negato. Alvise, infatti, annuì ma, senza dar corda all'entusiasmo di Monica, teneva gli occhi fissi su Zeno con uno sguardo di sfida.

«Anch'io!» sbottò allora Zeno.

Quella strafottenza insolita gli veniva in parte dalla dimestichezza che aveva con quell'esercizio, ma molto di più dal veleno che gli macerava dentro, un rancore impreciso e ingombrante quanto il disagio che gli suscitava lo sguardo scuro di Alvise.

«Oh, che bello! Così vediamo chi vince!» esclamò Monica, incurante del suo tono offeso e divertita dalla gara a cui avrebbe assistito.

Ignaro di quella guerra fredda che si consumava sotto i suoi occhi, e preoccupato invece che la giornata si svolgesse senza intoppi, Berto li spinse senza tante precauzioni all'estremità della corsia da cui avrebbero preso la rincorsa e li mise in fila insieme agli altri bambini che si preparavano a gareggiare. Quindi, dopo averli ricontati un'ultima volta, iniziò a dare le consegne: la rincorsa, un salto sulla pedana, i piedi sulla cavallina di cuoio, un volteggio e giù sul tappeto, poi un'altra rincorsa e un ultimo salto con le gambe di lato sul cavallo a maniglie. Berto ripeté tutto due volte, poi rimise in bocca il fischietto e diede il via alla gara.

Alcuni perdevano coraggio al momento del volteggio, altri invece eccedevano nell'entusiasmo e uscivano dal tappeto; altri ancora, come Alvise, sbagliarono la presa delle maniglie e persero tutto lo slancio. Zeno fece una serie di movimenti perfetti e appena i piedi toccarono terra, dopo l'ultimo salto, Monica corse da lui e iniziò a festeggiarlo senza aspettare che Berto lo proclamasse vincitore.

«Che bravo! Che bravo!» continuava a ripetere mettendosi tra lui e Lorenzo.

Ma Zeno non le diede soddisfazione e si diresse invece verso Alvise che, deluso dalla propria prestazione, se ne stava seduto di lato, con il mento appoggiato sulle ginocchia.

«Ma come? Vai sempre a correre e questo è quello che sai fare?»

«Cosa c'entra? Io mi alleno per fare fiato.»

Quando Berto gli mise intorno al collo un nastro tricolore da cui pendeva una medaglia senza pretese ma che tutti volevano toccare, Zeno si voltò verso gli spalti e guardò la madre, sola, altissima, i capelli scuri che incorniciavano il viso fiero e luminoso.

«Non finisce mica qui» gli disse Alvise passandogli vicino e coprendo di un nuovo strato di tensione il malumore che già stava guastando il trionfo di Zeno.

Il sole era ormai alto e impietoso, e la gente si raccoglieva in bizzarre volute cercando riparo nel pizzo geometrico di ombre che le arcate disegnavano sulle gradinate.

Si udì la voce forte di Berto annunciare la gara di salto ed esortare gli iscritti a presentarsi ai piedi della pedana. Zeno si avvicinò di malavoglia e, se non fosse stato per la trepidazione di Monica, per orgoglio nei confronti di Alvise e per le aspettative che la figura tesa della madre emanava dalle tribune, se ne sarebbe andato. Ancora una volta Berto li chiamò per nome, li allineò, spiegò a gran voce e con pedanteria il regolamento, per quanto si trattasse solo di oltrepassare l'asticella orizzontale in equilibrio sui due pali, li ricontò e finalmente soffiò nel fischietto dando il via alla gara.

Zeno, Alvise e Lorenzo passarono il primo turno, mentre Sergio e Bruno vennero eliminati subito. L'asticella fu alzata di un paio di centimetri che furono sufficienti a mettere fuori competizione anche Lorenzo. Alvise saltava con ferocia, sebbene sapesse di avere ancora un grande margine, mentre Zeno sfiorò pericolosamente l'asticella e passò il turno per un soffio.

«Dai, dai!» gli gridò Monica.

Ma Zeno, invece di sentirsi sostenuto, pensò che lei stesse provando pena per lui, perché ad Alvise invece non aveva gridato niente, e così perse il poco coraggio che gli restava. Che fosse per quello o perché la voglia di vincere di Alvise era stata risvegliata dalla sconfitta alla cavallina, che fosse la poca propensione per quell'attività oppure l'impressione che tutti adesso facessero il tifo per Alvise, che fosse l'una o l'altra cosa, Zeno smise di saltare con convinzione e venne eliminato.

Alvise, rimasto solo con un paio di ragazzini rumorosi a disputarsi il primo posto, vinse la gara. Rita applaudiva, le zie ridevano e Monica si mise a saltare di gioia, ignorando il broncio umiliato e offeso di Zeno.

«Siamo pari» gli disse Alvise guardandolo dritto negli occhi e stringendo in pugno la medaglia che gli ciondolava sul petto.

«Va bene, ma adesso c'è la gara di corsa e vediamo» borbottò Zeno.

Alvise sorrise spavaldo, ma non fece in tempo a rispondere che Berto cominciò a fischiare all'impazzata e si precipitò su di loro per allontanarli dalla pista, sventolando il suo asciugamano a destra e a manca.

«Via! Via!» gridava tra un fischio e l'altro, spalancando le braccia come una massaia che cerca di riportare le galline nel pollaio. «Tutti a casa! Tutti a casa!»

«Come, a casa?» protestò Alvise. «No, no! Dobbiamo fare ancora la corsa!»

Ma Berto non lo considerò e invece di rispondergli lo spinse verso Sebastiano che scendeva a grandi balzi dalle gradinate.

Un manipolo di pompieri irruppe nello stadio e in pochi movimenti circondò le attrezzature sportive intimando a tutti di uscire. Tre vigili si misero accanto ai varchi di uscita cercando, con ampi gesti e bruschi incoraggiamenti, di far avanzare più in fretta la gente.

«Via! Via!» continuava a gridare Berto, superando con la sua voce tonante gli ordini che il capitano dei pompieri lanciava ai suoi uomini per dirigerne le operazioni.

«Ma c'è ancora la gara di corsa» ripeté Alvise quando si trovò vicino al padre.

«Non si farà. Andiamo. Dobbiamo uscire tutti da qui» rispose Sebastiano senza fretta ma con voce ferma, tirando per un braccio Nicolò e guardando sempre dietro di sé per assicurarsi che Rita e le sue sorelle non si attardassero nella calca che si stava creando.

«Ma perché?» insistette Alvise. «Perché stiamo andando tutti via?»

«Qualcuno ha detto che c'è una bomba sotto la pedana della ginnastica» gli spiegò Sebastiano.

«E chi l'ha messa?»

«I titini. E chi sennò? Vogliono farci paura» rispose serio il padre, «ma ci vuole ben altro per spaventare noi italiani. Guardati intorno.»

Alvise si voltò e si vide circondato da una folla sorridente che scendeva tranquilla dagli spalti. Rita aveva preso Franca sotto braccio e intanto nell'altra mano teneva il bicchiere ancora mezzo pieno di un vino color rubino che non si risolveva né a buttare né a bere tutto d'un fiato. Davanti a lei Nicolò saltellava al fianco della zia Mirella, che lo aveva preso per mano. Con le bandiere alte nelle mani, tutti defluivano senza fretta verso le uscite, lasciandosi dietro chi un tovagliolo, chi un cappello di paglia, chi un ventaglio di carta. Qualcuno lanciava verso il cielo vaghe minacce di rivalsa, qualcuno borbottava affermazioni di italianità, molti ridevano sventolando fieri il tricolore, e a poco a poco il *Va' pensiero*, intonato prima da uno e poi da tanti, riempì l'aria e i cuori, e su tutti svettò la voce armoniosa di Mirella.

Lo spiazzo delle gare ora era deserto, circondato da un cordone di vigili del fuoco. Berto non si decideva ad allontanarsi e se ne stava piantato dietro ai pompieri a guardare la gente che usciva, con la mascella serrata, le braccia incrociate, la cartellina con le liste di gara ancora in mano e il fischietto abbandonato sul petto.

«Pola è una città italiana» disse Sebastiano a voce alta. «È ora che lo capiscano che questa è casa nostra!»

Alvise non lo ascoltava più e aveva piantato gli occhi su Zeno che camminava svogliato vicino alla madre. Ottavia, inquieta, lanciava intorno sguardi allarmati. Teneva per mano Daniele, che era subito corso da lei, e dava piccole spinte a Zeno perché non rallentasse.

«Tanto la gara di corsa la vincevo io di sicuro» non poté impedirsi di dire Alvise quando si trovò accanto a Zeno.

«E chi lo dice? Monica?» si inalberò Zeno, ma dentro di sé sapeva che non stava più rischiando niente, e non poteva negare che quell'imprevista interruzione gli aveva provocato più sollievo che delusione.

«Allora ce la giochiamo domenica, a Vergarolla» disse Alvise con un ultimo guizzo di provocazione.

Ma Ottavia si interpose tra loro e Zeno sparì tra la folla.

13

Troppo impaziente per aspettare che tutti a casa fossero pronti, Alvise arrivò a Vergarolla da solo, correndo per le strade di Pola ancora deserte e fresche in quella mattina di domenica 18 agosto. Ritto sulla battigia, con l'acqua fino alle caviglie, puntava gli occhi verso il mare, dove gli organizzatori della Coppa Scarioni si muovevano con le barche per controllare i galleggianti che delimitavano l'area di gara.

«Alvise! Alvise!» Arrivata sulla spiaggia, Rita cercò di attirare la sua attenzione. «Guarda che adesso c'è Nicolò con te! Non lo perdere d'occhio, eh!»

Ma, alle grida della madre, Alvise si girò appena, alzando la mano in un mezzo saluto distratto.

Rita si diresse verso i fusti scuri allineati sulla spiaggia e stese un telo variopinto sul quale Sebastiano appoggiò un pesante cesto di vettovaglie prima di salutare di nuovo la moglie e tornare alla sua bottega, dove alcune consegne urgenti lo obbligavano a lavorare anche di domenica.

Mirella si mise a civettare con un paio di ragazzotti che fumavano seduti sul bagnasciuga e si vantavano di aver passato là tutta la notte. Franca voltò le spalle alla comitiva e, tenendo con entrambe le mani la tesa larga del cappello di paglia, guardava assorta il luccichio tracotante del mare.

Rita sospirò per l'indifferenza dei familiari, ma ammutolì del tutto quando vide la figura massiccia della madre di Bruno che camminava vicino al marito, un ometto secco e immusonito, con la pelle bruciata dal sole e una sigaretta ridotta al filtro appesa tra le labbra scure. Rita li seguì con gli occhi stretti, preparandosi a un confronto, e solo quando li vide spingersi fino ai margini della pineta ricominciò a respirare. La donna teneva per mano la bambina che Rita aveva visto al mercato, mentre Bruno le trotterellava accanto e le parlava fitto fitto, ottenendo qualche risposta secca che lo lasciava insoddisfatto. Rita li vide discutere a lungo, fino a quando il padre non si intromise e spinse via Bruno, che poté finalmente raggiungere gli altri ragazzini vicino al pontile.

In quel momento arrivò in spiaggia anche Zeno che, smanioso di raggiungere gli altri, lanciava occhiate preoccupate ora verso il mare, là dove si trovava Alvise, ora verso la madre, che sopraggiungeva dietro di lui.

«Dove ti metti?» le chiese Zeno un po' bruscamente.

Ottavia non si decideva a trovare un posto e mettere giù il cesto che aveva portato, indietreggiava, poi ritornava sui suoi passi, diceva ancora una parola, aggiungeva una raccomandazione, ma la verità era che quella gara la preoccupava e in fondo avrebbe voluto che il figlio non partecipasse.

«Vabbè, io mi metto laggiù, con la zia Rosalba e lo zio Maurizio. Va bene?» rispose infine, indicando la sorella e il cognato.

«Va bene, ciao!» Zeno si allontanò con impazienza.

«Mi raccomando, eh, sii prudente» aggiunse Ottavia, ma lui era già distante, diretto verso il bagnasciuga, e a lei non restò che allontanarsi.

«Se almeno ci fosse Giuseppe» si lamentò con sua sorella.

«Non si può avere tutto...» disse Rosalba.

Ottavia non rispose perché – lo sapeva – quello era un terreno scivoloso e ogni volta che cercava di attraversarlo ne usciva perdente: tanto teneva al prestigio che dal marito si irradiava su tutta la famiglia, tanto quella loro ascensione sociale suscitava diffidenza e invidia perfino nei parenti più stretti, che prendevano le sue preoccupazioni per capricci da ricchi e le ambizioni che nutriva per i figli come un insaziabile arrivismo.

Sbucata in quel momento dalla pineta, Monica guardò subito verso la riva, dove intorno ad Alvise si era formato un gruppetto denso di ragazzini chiassosi.

«Alvise! Zeno!» esclamò Monica salutandoli da lontano.

«Cos'hai da gridare così?» le disse Agnese bruscamente.

Ma Monica tirò Elena per il braccio e si allontanò correndo verso la riva senza dare retta alla madre.

«Dove correte? Le gare per voi cominciano solo tra un'ora» disse Silvana alla figlia, ma Elena le lanciò per tutta risposta uno sguardo impotente, come se non avesse altra scelta che subire l'entusiasmo prorompente della cugina.

«Meglio che ti metti tranquilla» fece Agnese alla sorella, «perché quando Monica si ficca in testa una cosa, non ci sono santi!»

Silvana si legò stretto un fazzoletto sotto il mento con fare stizzito perché, al fastidio di quella giornata a cui aveva acconsentito di malavoglia, lei che odiava il sole e il vento della spiaggia, si aggiungeva il comportamento irrequieto e disobbediente della figlia. Agnese stese un telo per terra, si sedette un po' goffamente, standо attenta a non sgualcire il prendisole colorato che si era cucita per l'occasione, e tirò a sé Anna, togliendole ogni speranza di poter raggiungere la sorella; poi raccolse i riccioli vaporosi della bambina in un bel cappellino a fiori e le legò i lunghi nastri sotto il mento con un bel fiocco, come piaceva a lei.

Monica ed Elena arrivarono alle spalle del gruppetto che se ne stava sul pontile e si misero anche loro a osservare serie la prima batteria di adulti che nuotava tra le boe in un tripudio di schizzi, colpi di braccia, battere di gambe e grida di incoraggiamento.

«Sono forti, eh?» disse infine, spiando l'espressione di Alvise.

Lui rimase concentrato, con lo sguardo assorto, quasi cercasse di carpire il segreto di quei corpi possenti. Alla fine si voltò e disse solo: «Tra poco tocca a noi.»

Guardò Zeno e poi, come se quello sguardo gli fosse scappato suo malgrado, distolse subito gli occhi e li fece correre sui volti tesi degli amici.

«Bambini! Bambini!»

Tutti si voltarono: don Gabriele si avvicinava in uno scompiglio di sottane nere, con gli occhialetti scivolati sulla punta del naso e la fronte accaldata. Arrivò accanto a loro paonazzo di fatica, con il fiato corto, il collarino un po' di traverso e un fazzoletto in mano come la bandiera bianca di un soldato arreso.

«Che succede? Cosa c'è?» chiesero in coro i bambini.

«La gara?» si preoccupò Alvise.

«Non si può fare?» ipotizzò Bruno in uno slancio di speranza.

Don Gabriele agitava il fazzoletto davanti a sé per scartare tutte le loro ipotesi, ma l'affanno della corsa ancora gli impediva di parlare. Vedendo il parroco avvicinarsi ai bambini, subito le madri si radunarono intorno a loro, creando un gruppo sempre più folto che bloccava l'accesso al pontile e attirava altri curiosi.

«Don Gabriele, cos'è successo?» chiese Rita preoccupata, agitando la mano davanti al prete per fargli aria.

«Fatelo respirare, fatelo respirare!» aggiunse Agnese.

«La gara si farà» riuscì a dire don Gabriele.

«Ah» commentò secca la madre di Bruno, dando voce alla delusione del figlio che non osava guardarla.

«Ma solo per i maschi» si affrettò a dire il prete. «Le femmine non sono abbastanza numerose per fare una batteria tutta loro. Le uniche iscritte sono Monica ed Elena. Allora, come si fa!»

«Poco male» disse Silvana aprendo le braccia, «sarà per la prossima volta.»

«Ma perché? Io ci tenevo!» disse Elena imbronciata.

«No, no, no!» protestò Monica. «Non è giusto!»

«Eh, bambina mia!» le rispose don Gabriele allargando le braccia. «Non è giusto, non è giusto… Ma cosa posso farci io? L'hanno deciso gli organizzatori.»

«Bisogna cambiare le regole! Ecco!» rispose Monica.

«Cambiare le regole?» Don Gabriele sgranò gli occhi.

«Ma sì, ha ragione lei» fece Mirella strizzando l'occhio a Monica. «Avete dato la possibilità di iscriversi anche alle bambine, allora adesso bisogna trovare il modo di farle partecipare.»

«Perché non li fate gareggiare tutti insieme, maschi e femmine?» propose Agnese. «Sono bambini, che male c'è?»

Ci fu un attimo di silenzio, un'esitazione, un brusio che quasi si confondeva con il rumoreggiare del mare. Monica tratteneva il fiato guardando ora la madre ora don Gabriele, ora Alvise ora Zeno, ma senza osare dire nulla.

«No!» sbottò Alvise. «Io non voglio gareggiare con le femmine.»

«Ma cosa ti cambia?» intervenne Rita. «Se devi vincere, vinci lo stesso, no?»

«Se sei tanto forte, che paura hai?» rincarò la dose Monica.

«Per me va bene» si affrettò a dire Zeno.

«Per te va bene?» esclamò Alvise, spalancando la bocca e lanciandogli un'occhiata incredula.

«Sì. Se noi maschi siamo davvero più forti» farfugliò Zeno, «beh, allora vuol dire che Monica ed Elena faranno la gara tra loro.»

«Ecco. Giusto!» fece Monica, anche se non del tutto soddisfatta.

«Sì, è meglio così» disse Agnese rivolgendosi a don Gabriele.

Alvise sembrò ributtare indietro quello che gli saliva dallo stomaco, forse un insulto, che rimase imprigionato in gola. Sospirò e restò in silenzio, con le braccia conserte sul petto e le spalle un po' curve.

«Allora, don Gabriele? Le cambiamo queste regole?» cantilenò sfrontata Mirella.

Il prete si guardò intorno, si passò il fazzoletto sulla fronte, sulla nuca, nel collarino, poi ancora sulla faccia, e infine annuì con gesti grandi della testa e un'espressione di resa.

«Va bene, va bene, facciamo così. Del resto, che male c'è? Sono bambini!»

Un applauso festoso suggellò la sua decisione. Le donne lo seguirono verso il banco degli organizzatori, voltando le spalle ai bambini.

«Hai paura di perdere contro una femmina?» fece Monica avvicinandosi ad Alvise.

Alvise fu colto alla sprovvista da quell'espressione dura e ostile. Pensò fugacemente che non erano più amici, anzi, che erano già avversari, e che quella giornata non assomigliava per niente a ciò che si era immaginato da settimane.

«Io non ho paura» le rispose a denti stretti. «Tu non hai capito niente!»

E poi non ebbe più voglia di dire altro, perché proprio non poteva confessarle che quello che voleva lui non era solo vincere, ma farlo davanti a lei.

Alvise si strinse nelle spalle cercando di nascondere la frustrazione di non poter più fare marcia indietro, di non essere stato intelligente e furbo come Zeno, che si era messo subito dalla parte delle femmine, per fare bella figura con lei, invece di trattarla come nemica. Gli tornarono alla mente le parole del maestro, a scuola, quando diceva sempre che Zeno sapeva pensare giusto, e anche più in fretta degli altri, e dovette ammettere che, almeno nei ragionamenti, era certamente più veloce di lui.

Si avviò silenzioso verso il pontile, dove Berto, che anche quel giorno faceva parte dell'organizzazione, stava già stilando le liste di gara. Monica ed Elena, infatti, furono ammesse d'ufficio alla finale, ma la categoria maschile era così numerosa che fu necessario organizzare quattro batterie eliminatorie per selezionare i sei bambini che, aggiunti a loro due, avrebbero composto il gruppo di otto finalisti.

Eliminato subito al primo turno, Bruno uscì dall'acqua sospirando di sollievo e senza rimpianti. Sergio, invece, ritrovandosi fuori per un soffio, non riuscì a nascondere la delusione e restò a lungo imbronciato, seduto sulla riva a ridosso del pontile a guardare Alvise, Zeno e Lorenzo che si preparavano a nuotare gli ultimi decisivi cento metri.

Alvise era come un blocco di pietra, teso, i pugni stretti, le braccia rigide lungo il corpo. Solo gli occhi si muovevano irrequieti e senza sosta dal punto della partenza, indicato da una fila di bandierine rosse, fino alla serie di piccole boe gialle intorno alle quali si doveva girare per tornare indietro. Zeno tremava leggermente e, con le mani strette sotto le ascelle, lanciava sguardi inquieti ora al mare, ora ad Alvise, ora a Monica, ora ai propri piedi aggrappati al bordo di cemento del pontile.

«Smettila!» disse bruscamente a Lorenzo, che nell'attesa si era messo a saltellare sul posto, scrollando le braccia penzoloni ai lati del corpo, come fanno i pugili all'angolo del ring prima dell'incontro.

Lorenzo non gli badò, e solo un colpo di gomito di Elena, in piedi al suo fianco, lo convinse a mettersi tranquillo.

«Quand'è che si comincia?» sbuffò Monica, ma parlava quasi tra sé e sé e nessuno le rispose.

Così divenne anche lei più seria e, a guardarli tutti in faccia, non si sapeva bene se avessero più voglia di cominciare o fretta di togliersi un peso di dosso.

Finalmente Berto si avvicinò e li allineò dal più alto al più basso in modo tale che, in quei pochi metri che occupavano in larghezza, tutti toccassero bene sul fondo: Lorenzo era verso l'esterno, tra Riccardo e Paolo, alti come lui; poi c'erano Zeno e Alvise, quindi Monica e, accanto a lei, un altro bambino, Lucio. All'ultimo posto veniva Elena, che non faceva altro che piegarsi in avanti e indietro per vedere gli altri. A voce alta e con una certa pomposità, del tutto indifferente all'impazienza dei bambini, Berto iniziò a enumerare le regole della gara.

«Aprite le braccia, così, a croce» fece, passando alle spalle dei concorrenti sistemati in ordine di altezza. «Le dita devono toccarsi appena. Ecco, questa è la distanza da rispettare tra l'uno e l'altro. Per quanto possibile mantenete la stessa distanza anche in acqua. Se vi accorgete di toccare un compagno, con la mano o con un piede, correggete la traiettoria. E girate intorno alle boe gialle, laggiù.»

«Come nelle eliminatorie» cercò di abbreviare Alvise, ma Berto gli lanciò un'occhiata severa che lo zittì.

«Tutti in senso antiorario. D'accordo?» riprese Berto. «Arrivate alla destra della boa e le girate intorno verso sinistra. E poi tornate indietro. Mi avete sentito bene? Girate intorno alle boe! E niente scorciatoie!»

«Ci siamo» tornò alla carica Monica eccitata, guardando la bandiera bianca alzata dal giudice di gara che si era collocato sulla riva proprio accanto al pontile.

«Sì, ci siamo» sibilò Alvise tra i denti.

Ma invece di guardare lei, puntò gli occhi su Zeno che, intimidito, abbassò i suoi sul luccichio liquido del mare.

Berto scese dal pontile, si posizionò accanto al giudice che teneva in alto la bandiera, istintivamente infilò in bocca il suo fischietto per dare il via, poi si ricordò della novità che teneva in tasca e ne tirò fuori una pistola ad aria compressa che brandì verso il cielo terso. Sergio e Bruno, accorsi alle sue spalle, erano più attratti dall'arma che dalla fila dei loro amici, tesi in posizione di partenza.

«Pronti?» gridò Berto a pieni polmoni.

Tutto intorno scese un silenzio irreale, squarciato solo dal garrito insolente di un gabbiano che si appoggiò sull'acqua e restò a galleggiare là, indifferente.

«Forza, Alvise!» gridò Nicolò che se ne stava dritto al fianco della madre.

Assorta, Rita provava dentro di sé una confusione di emozioni: era contenta e allo stesso tempo inspiegabilmente nervosa, come se si aspettasse che una qualche contrarietà si sarebbe infilata a rovinare la vittoria di Alvise, di cui lei in fondo non dubitava affatto. Si guardò intorno irrequieta, quasi preoccupata che gli altri genitori non le perdonassero la superiorità del figlio ma, incrociando l'espressione accigliata della madre di Bruno, si voltò di scatto e gridò a sua volta: «Dai, Alvise!»

«Forza, Zeno!» fece eco la voce argentina di Daniele che, malgrado i mille richiami della madre, si era avvicinato alla riva e se ne stava con i piedi nell'acqua a due passi dai concorrenti, il corpo teso verso il mare e allo stesso tempo agitato in un incessante saltellare.

Il colpo di pistola partì secco, brutale, e frantumò quell'atmosfera sospesa, liberando un tripudio di grida, urla, garriti di gabbiani e frullare di ali degli storni che si alzarono in volo dalla pineta scura. Alvise ebbe un attimo impercettibile di esitazione, mentre Zeno, inarcando la schiena, si buttò in avanti con uno slancio e subito iniziò a battere le gambe in modo forsennato, prendendo un vantaggio sugli altri concorrenti.

Respirando sempre verso destra, dove Monica lo tallonava con ritmo regolare, Alvise non si accorse che Zeno, alla sua sinistra, lo precedeva già di qualche spanna. Quando, però, i piedi di Zeno urtarono il suo gomito, Alvise, colto di sorpresa, alzò la testa verso sinistra e, accorgendosi infine del proprio ritardo, accelerò bruscamente con un gran battere di gambe, un mulinello incontrollabile delle braccia e respiri sempre più lunghi che lo spingevano fino al limite dell'apnea, prima di ributtare fuori la testa per riprendere fiato.

In breve Alvise arrivò allo stesso livello di Zeno e lo superò di tutta la lunghezza del suo corpo. A Zeno scoppiavano i polmoni, le braccia diventarono come piombo e quando l'acqua sollevata dai piedi di Alvise gli riempì la bocca di un'ondata salata e tiepida, perse del tutto il ritmo e quasi si fermò.

Monica era subito dietro di loro e ormai più avanti di Lorenzo che, all'estremità esterna del drappello, avanzava senza entusiasmo, con bracciate inefficaci e poco pericolose, come di chi non vuole entrare davvero nel duello, stando attento solo a non farsi superare da Riccardo alla sua sinistra.

Alvise era arrivato quasi alla boa quando Zeno, inavvertitamente, gli sfiorò i piedi. Alvise batté le gambe con lena ancora maggiore, ma Zeno agguantò con forza la sua caviglia. Non poteva davvero frenarlo, ma per un attimo si fece come trascinare, finché un colpo più forte e rabbioso di Alvise lo obbligò a mollare la presa.

Con un guizzo, Alvise girò intorno alla boa e il suo corpo e quello di Zeno si ritrovarono affiancati in direzioni opposte. Zeno aprì le braccia verso l'esterno e prima sfiorò il ginocchio di Alvise, poi ne afferrò ancora il piede, tirandolo verso il basso. Lontani dalla vista dei giudici, i due si dimenarono sott'acqua per un momento che parve infinito. Poi Alvise riuscì a scalciare con forza, colpì Zeno in pieno petto e finalmente sgusciò via.

Giunta alla boa insieme a loro e accortasi del gesto meschino di Zeno, Monica li vide strattonarsi sott'acqua, ma non rallentò, girò intorno al galleggiante e proseguì la propria gara. Zeno e Alvise, concentrati esclusivamente uno sull'altro, il primo annaspando nel tentativo di ghermire il secondo, e il secondo dimenando le gambe a più non posso per liberarsi dal primo, non si accorsero di lei. Monica ne approfittò, continuando imperterrita a mulinare bracciate, ma non avrebbe guadagnato tanto vantaggio se per la terza volta Zeno non avesse intralciato l'avanzata di Alvise, catturando ancora il suo piede e frenando lui e insieme anche sé stesso.

Esasperato, Alvise fece un movimento rabbioso e scomposto anche con le braccia e spinse via Zeno con un calcio incattivito che andò a colpirne la spalla, facendolo rallentare. Nel frattempo, però, si erano ormai così spostati verso il largo da avere del tutto invaso la corsia di Paolo, che se li trovò di fronte, mescolandosi suo malgrado nell'ingorgo.

Sul lato esterno, Lorenzo gli passò accanto senza capire cosa stava succedendo, sempre attento a mantenere il distacco da Riccardo. Dalla parte interna, invece, ignari di tutto, Lucio ed Elena giocavano tra di loro una partita più lenta ma onesta, alternandosi al penultimo posto in un agguerritissimo testa a testa.

Berto, accortosi dalla riva che Zeno e Alvise cozzavano

uno contro l'altro, che nuotavano di traverso e quasi sembravano azzuffarsi, si mise a lanciare fischi lunghi e intermittenti che infine fecero rinsavire i contendenti, ristabilendo tra loro le distanze iniziali. Alvise riprese a nuotare con furia, mentre Zeno lanciava con disperazione lunghe bracciate in avanti.

Monica, però, aveva messo tra di loro una distanza incolmabile e non servì a nulla la loro affannosa risalita per cambiare l'esito della gara. Toccò il pontile per prima e subito si voltò indietro per conferma del suo successo, ancora con il fiato grosso e la bocca spalancata a raccogliere le grosse gocce che scendevano dai capelli inzuppati.

Ritornato di corsa verso il pontile, Berto lanciò tre fischi acuti, proclamò a gran voce il suo nome e poi a seguire quello di tutti i concorrenti, a mano a mano che toccavano il traguardo. Monica allora si drizzò in piedi in equilibrio sui sassi del fondale, alzò le braccia al cielo e rispose alle acclamazioni del pubblico con un sorriso luminoso. Dopo di lei arrivarono Lorenzo e Riccardo, quindi Alvise e Zeno, quasi allo stesso momento, poi Paolo, Lucio e per ultima Elena a chiudere una gara che – pensò Monica trionfante – nessuno avrebbe dimenticato tanto presto.

14

Zeno cadde bocconi sui ciottoli finissimi e bollenti della spiaggia. Non aveva visto Alvise avvicinarsi e quello spintone, arrivato da dietro, cattivo, furibondo, gli tolse il fiato, ma non serviva voltarsi per capire da chi veniva.

Il pubblico che aveva assistito alla gara si era raccolto sul bagnasciuga intorno a Monica per farle i complimenti e festeggiarla, e nessuno si prese la briga di fermare Alvise che tornava alla carica a testa bassa.

«Mi hai fatto perdere, razza di stupido!» ringhiò Alvise buttandosi su Zeno, già a terra.

«Non ho fatto niente» si difese Zeno debolmente.

Poi sgusciò via dalla presa di Alvise e si mise a indietreggiare goffamente a pancia all'aria, camminando come un granchio sulle mani e sui piedi.

«Mi prendi per scemo? Mi hai bloccato i piedi e l'hai fatto apposta» gridò Alvise e afferrò a sua volta le caviglie di Zeno per impedirgli di allontanarsi.

«Sei tu che hai invaso la mia corsia» mentì Zeno senza guardarlo negli occhi.

E intanto cercava di divincolarsi dalla presa di Alvise che lo riacciuffava. Subito gli amici accorsero per fermarli.

«Ma cosa fate?»

«Basta!»

«Smettetela!»

Sergio prese a tirare Alvise per un braccio mentre Lorenzo cercava di allontanare Zeno frapponendosi tra i due. Bruno, invece, senza immischiarsi davvero nella rissa, non potendo separare i contendenti, continuava però a separare l'aria con ampi gesti delle braccia.

«Basta!» La voce di don Gabriele tuonò insolitamente forte e imperiosa.

Alvise e Zeno si separarono all'unisono, e restarono là, con il fiato corto e la testa bassa davanti al parroco.

«Che esempio date agli altri bambini? E che delusione per i vostri genitori! Mi ero tanto raccomandato!» disse don Gabriele indignato. «In ogni gara c'è chi vince e chi perde! Una volta tocca a uno, una volta tocca all'altro! Ma questa giornata deve essere una festa!»

«Ma...» fece Alvise alzandosi di scatto, in un moto di indignazione appena controllata.

«Niente ma! Taci!» lo zittì Rita alzando una mano accanto al volto di Alvise in segno di minaccia e fissandolo con gli occhi sgranati. «Ti devi sempre far riconoscere, eh? Don Gabriele ha ragione.»

Poi Rita si portò quella stessa mano sul petto, come se davanti alla sfrontatezza del figlio le mancasse l'aria.

«Zeno!» Facendosi largo nel piccolo capannello che si era creato, Ottavia sospirò dolente. «Se ti vedesse tuo padre!»

La voce di Ottavia suonava calma, priva della concitazione che impregnava quella nervosa di Rita, eppure Zeno riconobbe tutta la tensione contenuta della madre, la gravità delle peggiori sgridate, il tono asciutto e senza affetto delle aspettative disattese.

«Mi ha trattenuto per i piedi» insistette piano Alvise, che non si dava pace né della sconfitta irreparabile né dell'ingiustizia di vedersi accomunato a Zeno dalla parte del torto.

«Stai zitto!» gli intimò Rita esasperata, e Alvise sentì nel tono della sua voce tutta l'acredine che la madre provava nei suoi confronti quando la presenza di testimoni trasformava la più lieve incrinatura in una crepa insanabile e vergognosa.

Rita lo fissò muta, immobile, senza nemmeno respirare, come per accertarsi che non avrebbe osato aprire bocca un'altra volta, incredula che, nonostante le strigliate prese dopo l'incidente con Bruno, Alvise si incaponisse a farla sfigurare davanti alla gente. Poi si allontanò verso i fusti di metallo dove stavano ad aspettarli Mirella e Franca.

Anche Ottavia non riuscì ad aggiungere altro, non tanto per l'abbattimento che leggeva sul volto di Zeno, là davanti a lei, con la testa china, ma perché quella situazione la coglieva del tutto impreparata. Sospirando si voltò e tornò verso Rosalba.

Sergio, Bruno e Lorenzo si allontanarono in fretta per non essere chiamati a prendere le parti dell'uno o dell'altro, e per distogliere lo sguardo dall'umiliazione insopportabile che i due amici stavano subendo.

Monica di tanto in tanto lanciava nella loro direzione un'occhiata furtiva e curiosa, ma non intendeva guastarsi la soddisfazione della vittoria e restava sul bagnasciuga a raccogliere a piene mani i complimenti, le risate, gli applausi che le arrivavano da ogni parte.

«Brava la mia bambina!» continuava a ripetere Agnese, avvolgendola in un grande telo blu che la copriva dalle spalle ai piedi. «Tuo padre avrebbe fatto meglio a venire a fare il tifo per te, invece che restare in bottega a fare i conti.»

«Gliel'hai fatta proprio vedere ai maschi che si credono sempre chissà che!» disse Elena infreddolita.

«Ah, quelli a perdere ci pensano da soli!» le disse Silvana strofinandole i capelli con un asciugamano.

Elena non rispose, ma guardò Zeno tristemente perché, in fondo, anche se per niente al mondo lo avrebbe confessato a Monica, avrebbe voluto che fosse lui il vincitore.

Monica non diede retta alla zia, né si preoccupò di consolare la cugina per quell'ultimo posto che tutti sembravano dare per scontato. Aspettò che la madre si allontanasse, poi si avvicinò ad Alvise e a Zeno, che erano rimasti soli.

«Allora, cos'hai da dire adesso?» disse ad Alvise con un sorriso sfrontato. «Alla fine hai perso contro una femmina!»

«Ho perso per colpa sua!» le rispose Alvise guardando Zeno in cagnesco.

«E tu?» disse Monica puntando il mento contro Zeno. «Ti ho visto, sai, che gli hai preso i piedi sott'acqua. Io ho visto tutto. Hai fatto proprio una gran bella figuraccia!»

«Non gli ho preso i piedi. Ci siamo urtati!» protestò Zeno mollemente.

Monica non gli diede il tempo di aggiungere altro e corse via, lasciandoli là a guardarla.

Zeno esitò, si sbilanciò un poco verso Alvise, come se volesse dirgli qualcosa, ma raccolse uno sguardo così duro che perse coraggio e si voltò per raggiungere la madre.

Si abbandonò pesantemente sull'asciugamano, e dietro di lui arrivò Daniele.

«Zeno!» lo scosse Ottavia. «Allora? Cosa succede?»

Zeno chiuse gli occhi e alla madre non sfuggì la lacrima che rigò la guancia segnata di salsedine.

«Zeno!» insistette Ottavia con un tono che, pur volendosi inquieto, suonò invece irritato. «Alvise ti accusa di cose gravi. Dice che hai imbrogliato.»

Zeno non rispose, tenendo ostinatamente gli occhi chiusi.

«Avresti voluto vincere in quel modo?»

«Vince sempre lui» tergiversò Zeno, socchiudendo appena le palpebre ma schivando con cura lo sguardo allibito del fratello.

«Questa volta non ha vinto, ma non hai vinto nemmeno tu. Anzi, tu hai perso più di tutti» disse Ottavia lasciando scendere le parole su di lui lente e terribili come lava incandescente.

«Già...» ammise Zeno chiedendosi se una vittoria rubata sarebbe stata davvero peggiore dell'umiliazione di essere sbugiardato davanti a tutti.

«Ed è meglio così» disse la madre dandogli involontariamente la risposta che stava cercando. «Meglio imparare subito che le cose vanno fatte per bene, perché non c'è niente che giustifichi un comportamento sleale.»

«Vince sempre lui» ripeté Zeno, accorgendosi sempre più nitidamente di non sopportare quel posto di perdente nel quale Alvise lo relegava da settimane.

«Ma vince cosa?» disse Ottavia con stupore. «Tu hai ottimi risultati a scuola. E là vinci tu. Ti pare poco?»

Sì, a Zeno sembrava che il merito a scuola fosse poco, quasi niente.

Che lui sapesse scrivere e contare meglio di Alvise non interessava a nessuno, soprattutto non interessava ad Alvise. Anzi, a Zeno venne il dubbio che forse, sotto sotto, Alvise un po' lo odiasse proprio per quelle sue capacità. E comunque ormai non aveva più bisogno di lui. Per tutto quello che restava tra di loro – i giochi, lo sport, spegnere i capelli quando prendono fuoco, impressionare Monica – Alvise era più forte, lo era sempre stato.

«Ognuno ha le proprie qualità» cercò di venirgli in aiuto la madre, «e ostacolare gli altri non è il modo giusto per emergere.»

Zeno alzò la testa ma, senza riuscire a guardare in faccia la madre, continuava a stringersi le ginocchia al petto aspettando che lei gli tendesse la mano, che aprisse come ogni volta uno spiraglio di redenzione, che gli mostrasse il suo futuro luminoso, che lo inondasse di affetto e gli mostrasse che aveva ancora fiducia in lui.

«Certo, capita a tutti di sbagliare» disse Ottavia con più dolcezza. «Ma allora, quando si sbaglia, non resta che scusarsi, ammettere l'errore e trasformarlo in una lezione per le volte che verranno.»

«Troppo tardi» mugugnò Zeno.

«Sono sicura che ne potrete riparlare» si ritrovò a dire Ottavia, seppure senza convinzione, non perché non credesse in una riconciliazione possibile, ma perché non era certa di volerla.

L'espressione affranta di Zeno la scoraggiò, le spense in gola le altre mille raccomandazioni che avrebbe voluto dargli e poi le tolse il coraggio di remare ancora contro quell'amicizia che sembrava, nel bene e nel male, inestirpabile.

«Mangiamo, dai» disse Rosalba rivolgendosi al marito con un entusiasmo un po' forzato che tentava di dissipare il cattivo umore di Ottavia, il broncio di Zeno e la delusione silenziosa di Daniele.

«Mmh» fece Ottavia svogliatamente.

«Dai, dai, un po' di animo, che non è mica morto il re» scherzò Maurizio senza ridere. «Rosalba ci ha preparato le sarde *in saor* e i pomodori al forno. E io ho qua un vinello leggero e frizzantino che quasi quasi lo facciamo assaggiare anche a Zeno.»

«Qui fa un gran caldo, però» brontolò Rosalba sventolandosi il collo con la mano. «Perché non andiamo nella pineta?»

Ma Ottavia era distratta e ancora inquieta e così, senza darle retta, stese una piccola stuoia di bambù, ci allargò sopra una tovaglia di cotone e cominciò a tirare fuori dal cesto certi panini piccoli e morbidi che Daniele, affamato, quasi le strappò di mano. Rosalba sospirò ficcandosi in testa un cappello di paglia dalla forma bizzarra che strappò un sorriso perfino a Zeno.

«Mangia» fece Ottavia a mezza voce tendendogli un panino che lui prese di malavoglia.

E mentre masticava lentamente, con il sole che gli scaldava le spalle, lanciò uno sguardo più lontano, prima verso il mare, poi a cercare Alvise.

Lo vide seduto per terra, la madre in piedi di fronte a lui con le mani puntate sui fianchi.

«Meno male che non ti ha visto tuo padre!» esordì Rita, sapendo che quello, più di tutti, era da sempre il tasto debole del figlio.

Rita sapeva che le sue geremiadi continue e a bassa intensità non facevano più effetto sul figlio, allora, quando voleva avere la meglio, sbandierava lo spauracchio del padre, sapendo così di mettere in riga Alvise, che smaniava per l'approvazione di Sebastiano e ne temeva le sfuriate.

«Avevo ragione io» si inalberò lui.

«Ragione?» disse Rita esterrefatta. «Quando si fa a botte si passa subito dalla parte del torto.»

«Lascialo spiegare» si intromise Mirella, attirando su di sé lo sguardo rabbioso della sorella.

«Zeno ha imbrogliato» cominciò Alvise, incoraggiato dal commento benevolo della zia. «Mi ha preso per i piedi prima di arrivare alla boa. E anche dopo.»

«E allora tu risolvi tutto alzando le mani?»

Spazientita, Rita gli agitò la mano sotto il naso.

«Ma è così!» protestò Alvise. «Se Zeno non mi tratteneva per i piedi, vincevo io!»

«Ebbè? Sai cosa ti dico?» fece Rita con i pugni puntati sui fianchi. «Non si può sempre vincere nella vita. Meglio che lo impari subito.»

«Non è giusto, però.»

«Ah, caro mio! C'è poco di giusto a questo mondo. Anche questo è meglio che te lo ficchi in testa subito.»

«Beh, ma quell'altro ha imbrogliato» cercò di venire in aiuto Mirella.

«Tu non difenderlo!» la zittì Rita, e Mirella si voltò offesa verso Franca che ascoltava in silenzio, impressionata dalla furia della sorella.

«Vabbè, ho capito» concluse Alvise.

Non voleva essere difeso dalla zia, perché neanche lei riusciva mai ad averla vinta su Rita e finiva solo con il farla arrabbiare ancora di più. Niente era andato per il verso giusto e nessuno ormai poteva raddrizzare quella giornata disastrosa. Nicolò lo guardava come in attesa di un gesto che potesse spazzare via tutta la delusione che gli pesava dentro, ma Alvise restava a testa bassa mescolando con un dito la ghiaia fine tra i piedi.

Si sentiva solo e l'affetto incondizionato del fratello non era una consolazione sufficiente. Lo tormentava quell'impilarsi di tradimenti: Zeno, la gara che aspettava da settimane e che si era risolta in una sconfitta irreparabile e una baruffa umiliante, la sgridata della madre che non prendeva mai le sue difese, anche di fronte a un'ingiustizia plateale, e così finiva anche lei per tradirlo un po'. Suo padre, invece, per tirarlo fuori dalla zuffa, non avrebbe esitato a prenderlo per un orecchio, ma almeno lui si sarebbe indignato del comportamento scorretto di Zeno. Ma Sebastiano non c'era e la sua assenza per Alvise era una tristezza. Anche Monica, con quella noncuranza con cui passava da una sponda all'altra, lo aveva tradito, pronta a indignarsi, ad accusarlo di tutto e di niente, senza mai ascoltare le sue ragioni. Monica non si sapeva mai da che parte stava, ma di sicuro, in quel momento, non era dalla sua.

«Dai, mangiamo» disse Mirella, cercando di alleggerire la tensione, e si alzò infilando una tovaglia sotto braccio e prendendo il cesto pieno di cibo.

«Ma dove vai?» chiese Franca.

«Non possiamo mica stare qui, vicino a questi fusti caldi come l'inferno» sbuffava Mirella, cercando nervosamente con lo sguardo i due ragazzi con cui aveva civettato qualche ora prima.

«Allora andiamo nella pineta» propose Rita.

«No, no» si agitò Franca, «siamo tre donne sole con due bambini.»

Alvise la guardò senza simpatia, perché quella zia un po' assente, sempre triste e svagata, lo trattava ancora come se avesse due anni, gli pizzicava le guance e certe volte si metteva ad accarezzargli la testa sopra pensiero.

«E che problema c'è?» si spazientì Mirella.

«Prima ci sono andata, nella pineta, a fare una passeggiata» disse Franca, «e ho visto un tipo strano.»

«Un tipo strano?» chiesero all'unisono le sorelle.

«Un uomo...» cercò di spiegare Franca.

«Per te gli uomini sono tutti strani!» disse Mirella scoppiando a ridere.

«Smettila! Lasciala dire» la zittì Rita lasciandosi però sfuggire un sorriso, perché Mirella non perdeva occasione di canzonare la sorella per quella sua inguaribile timidezza che la rendeva goffa e impacciata anche nelle situazioni più innocue.

«Era vestito tutto a puntino. Qui, in spiaggia, con questo caldo... Un inglese, forse» riuscì a dire Franca.

«In divisa?» la incalzò Rita.

«No, no. Ma con il cappello, perfino, e un paio di pantaloni larghi e scuri. L'ho visto bene. Tranne la faccia, perché il cappello lo teneva ben ficcato giù sugli occhi. E poi stava tirando un cavo.»

«Un cavo? Che cavo?» chiese Mirella improvvisamente più attenta.

«L'uomo tirava un filo, un cavo, non so… ma qualcosa di leggero, arrotolato nelle mani. Camminava svelto e zigzagava tra gli alberi, lasciandolo andare a mano a mano. Sapeva cosa fare, insomma» spiegò Franca, cercando di mimare goffamente i gesti del misterioso personaggio.

«Vabbè, vabbè» tagliò corto Mirella sventolando la mano per farsi aria. «Restiamo qui e non se ne parla più.»

15

La spiaggia era tutto un vociare, un ridere, un chiamarsi allegro tra asciugamani variopinti e tende di fortuna tirate su con rami trovati sul bagnasciuga o nella pineta. Il cielo era di un azzurro insolente, mentre i raggi del sole arroventavano i ciottoli, così molti in effetti si rifugiavano all'ombra odorosa della pineta. Là la luce disegnava un pizzo che danzava sul tappeto di aghi secchi, sulle pietre coperte di muschio ingiallito e sulle tovaglie zeppe di cibo. Altri, avanzando in fila indiana, come formiche laboriose, uscivano dalla spiaggia decisi a rincasare e promettendo, a chi cercava di trattenerli, che sarebbero tornati nel pomeriggio, per il torneo di pallavolo che era in programma, e soprattutto per l'imperdibile gara di tiro alla fune. Ma poi si trascinavano in chiassosi convenevoli e spesso si fermavano, cedendo all'invito insistente di un vicino che diceva che, tanto, da mangiare ce n'era per tutti e che con quel caldo era meglio finire tutto in fretta piuttosto che dover buttare i resti al cane o alle galline. Anche Agnese avrebbe voluto tornare al fresco della sua bottega ma, dopo aver vinto la gara, Monica non intendeva mettere fine alla sua giornata di gloria.

«E cosa mangiamo? Io non ho portato niente» le disse la madre.

«Restiamo! Restiamo!» gridò Anna mettendosi in punta di piedi, con le mani aggrappate ai nastri sciolti del suo cappellino a fiori.

«Ma sì, restate. Qui ce n'è per tutti» disse la madre di Bruno, accomodata lì vicino, mentre già offriva a Silvana un piatto di pasta al forno.

E così ad Agnese non restò che stendere di nuovo l'asciugamano e dare qualche soldo a Monica perché andasse a comprare due bottiglie di limonata e un cartoccio di pesce fritto.

Monica passò di corsa davanti a Zeno, che però non la guardò perché la sua attenzione era focalizzata su Alvise. E c'era fra loro un dialogo astioso e ostinato di sguardi e masticare svogliato e sorsi d'acqua buttati giù tutti d'un fiato senza battere ciglio.

Finito di mangiare Ottavia si alzò e cominciò a raccogliere le loro cose.

«Dai, andiamo» disse a Zeno e a Daniele.

«Posso restare?» chiese Zeno con timore. «La zia resta...»

Rosalba, infatti, non aveva dato segno di muoversi e Maurizio era andato a passeggiare con le mani dietro la schiena lungo la spiaggia per osservare i preparativi del torneo del pomeriggio.

«Non fare storie» lo ammonì Ottavia.

«Vorrei parlare con Alvise» insistette Zeno. «Lo hai detto anche tu che ci possiamo chiarire, che potevo scusarmi e poi fare la pace.»

Voleva restare in spiaggia finché restava Alvise e se anche non aveva nessuna intenzione di scusarsi, né tanto meno di fare la pace, aveva colto al volo quel pretesto per tentare di convincere la madre, perché sapeva che non avrebbe potuto negargli l'occasione di riscatto che lei stessa prima aveva suggerito. Ottavia sospirò: era a corto di argomenti e un po' scoraggiata nel vedere il figlio tormentarsi, vacillare e poi sempre cadere dalla parte di Alvise, ancora e ancora. Allora pensò che forse era meglio allentare la corda, evitare che i suoi mille divieti alimentassero l'idea eroica che Zeno si era fatto di Alvise e convincersi che con l'autunno e l'inizio delle scuole medie tutto sarebbe andato al posto giusto.

«Ma sì, dai. Zeno resta con noi» propose Rosalba, facendo così cadere l'ultima resistenza della sorella.

«Non tornare tardi, però» disse quindi Ottavia a Zeno, dichiarando la propria resa.

«E io?» chiese lamentoso Daniele. «Posso restare anch'io?»

«No, tu vieni a casa con me, che hai bisogno di riposare» lo deluse Ottavia.

«A me non dà fastidio se resta qui» azzardò Zeno. «Sta con me.»

«Sì, sì, sto con lui! Vicino vicino» si entusiasmò sempre di più Daniele appiccicando la sua coscia a quella del fratello.

«Va bene!» cedette Ottavia sfinita. «Ma tieni sempre in testa il cappellino!»

«Sì!»

«E se andate nella pineta mettiti le scarpe, e anche i calzini, perché gli aghi ti pungono i piedi e poi piangi.»

Ottavia brandì sotto il naso di Daniele un paio di calzini a righe bianche e rosse e lui, ridendo per l'eccitazione, glieli strappò di mano e li infilò in fretta, prima di ficcare i piedi nelle scarpe pesanti.

Non appena la madre voltò loro le spalle, l'allegria di Daniele si smorzò presto perché il malumore di Zeno riprese il sopravvento. Zeno, infatti, non smetteva di guardare in direzione di Alvise, dove anche Rita cominciava a prepararsi per andare via.

«Dai, raccogliamo tutto che torniamo a casa» disse ai figli, ancora con la bocca piena.

«Ma perché?» protestò Alvise scattando in piedi. «Avevi detto che potevamo rimanere tutto il giorno.»

«Non fare storie, che per oggi ne ho avuto abbastanza! Voglio andare a vedere se tuo padre ha mangiato.»

«Ma è presto» insistette Alvise. «Restano tutti, vedi? Ci sono Sergio, Lorenzo, Bruno...» aggiunse, buttando però un'occhiata solo a Zeno.

«Dai, lascialo restare. Rimango io» disse Mirella vedendo ritornare verso la riva uno dei due ragazzotti che le avevano fatto la corte la mattina. «E poi Franca è andata a prendere un gelato. La aspettiamo qui.»

Rita sospirò. Che fosse l'atteggiamento coriaceo del figlio o il sole a picco sulla testa, o la paura di doverlo ancora affrontare in un'odiosa ed estenuante discussione che si sarebbe protratta fino a casa, qualunque fosse la ragione, insomma, Rita cedette.

«E io? Posso restare anch'io?» tornò alla carica Nicolò.

«No. Tu vieni via con me, che la zia Mirella non ha voglia di correrti dietro» disse Rita, sbirciando con inquietudine il collo lungo della sorella che cercava il ragazzo tra la gente sparsa sulla spiaggia.

Nicolò protestò, ma senza convinzione, perché Alvise non gli dava man forte e lui aveva paura di vedere ancora la madre e il fratello litigare.

«Poi magari torni con il papà» lo consolò Rita e Nicolò si rassegnò a seguire la madre.

«E tu, mi raccomando!» disse Rita girandosi un'ultima volta e richiamando l'attenzione di Alvise. «Ascolta le zie, eh! Che per oggi basta così!»

Alvise annuì e alzò una mano, tenendola per un poco a mezz'aria, seguendo la figura un po' curva della madre e quella esile del fratello che si allontanavano sotto il sole. Quando li vide ormai lontani tra la gente, si voltò verso la zia e le disse svelto: «Io vado a giocare con gli altri.»

E si allontanò prima che lei potesse rispondere.

Alvise andò da Sergio, poi chiamò anche Bruno e Lorenzo. Quando furono tutti intorno a lui, Alvise strattonò Lorenzo, tirandolo a sé.

«Tu l'hai visto, no? L'hai visto che Zeno mi ha fatto perdere.»

Lorenzo restò muto, ma abbassò gli occhi e se non accusò di nulla Zeno, neanche lo difese, e questo bastò ad Alvise per decidere che di testimoni ce n'erano abbastanza per passare all'azione. Senza aspettare che gli altri dicessero la loro, si voltò e si diresse verso Zeno.

Lui e Daniele se ne stavano seduti con la schiena ingobbita come vecchi, i piedi puntati nel ghiaino, a lanciare lontano frammenti di conchiglie.

«Vengono di qua» sussurrò Daniele vedendo il gruppo avvicinarsi.

Zeno guardò appena e si mise a rimestare con più foga tra i ciottoli, anche se si capiva che tutti i suoi sensi erano all'erta e la sua attenzione altrove. Quando gli amici furono così vicini che la loro ombra lambì le sue gambe, Zeno alzò lentamente la testa verso di loro e incontrò lo sguardo duro di Alvise. Nessuno disse una parola. Alvise fece un cenno con la testa in direzione della pineta e si allontanò. Come legato all'amico da un filo invisibile, Zeno si alzò di scatto senza chiedere niente, prese Daniele per mano, e li seguì.

Alvise camminava sempre più in fretta, quasi correva. Andava avanti a testa bassa, sicuro che tutti l'avrebbero seguito. Ma solo Zeno gli importava, allora ogni tanto buttava un'occhiata alle proprie spalle per assicurarsi che ci fosse. Appena si trovarono all'ombra degli alberi, le raccomandazioni della madre gli tornarono in mente come un monito, ma subito evaporarono, troppo deboli davanti al suo bisogno di rivalsa, e troppo sorde all'ingiustizia che aveva subìto e che qualcuno doveva vendicare.

Una frescura si appiccicò alla pelle accaldata, facendoli rabbrividire, mentre gli occhi trovavano sollievo nella luce smorzata dalle chiome alte dei pini marittimi. I rumori della spiaggia erano come sbiaditi, il loro respiro corto sembrava improvvisamente assordante e ancora più affannoso, e poi di colpo placato, come di chi si sente finalmente al sicuro.

Alvise si fermò di scatto e, voltandosi, trovò Zeno alle sue spalle, anche lui accaldato, con gli occhi sgranati e pieni di inquietudine.

Zeno teneva le mani sui fianchi, cercando di recuperare fiato e intanto arrivarono gli altri. Daniele si mise accanto al fratello, vicino a lui c'era Lorenzo; Sergio e Bruno, affiancandosi agli altri, chiudevano quel cerchio bizzarro nel cuore della pineta. Per un attimo tutti restarono in silenzio, quasi senza respirare.

«Bene» disse Alvise lapidario. «È ora di dire la verità.»

«Che verità?» contrattaccò Zeno. «Che se non vinci tu, allora non va bene?»

«No. La verità è che se tu non imbrogliavi, vincevo io!»

«E chi lo dice che dovevi vincere per forza tu? Chi ti credi di essere? Perché non potevo vincere io, per esempio? Eh? Chi sei tu per trattare sempre tutti così?»

Alvise non rispose a quella raffica di domande lanciate come sassi, voleva solo metterlo a tacere; allora fece un balzo in avanti e spinse Zeno così forte da farlo cadere per terra, poi si buttò su di lui e, stretti in un abbraccio rabbioso, iniziarono a rotolare sul tappeto di aghi di pino che copriva il suolo.

«Zeno!» gridò Daniele impaurito, premendosi subito le mani sulla bocca.

Ma Lorenzo lo tirò indietro e gli disse con tono adulto: «Lasciali fare.»

Zeno spinse via Alvise, ma non riuscì a rialzarsi prima

che quello gli afferrasse la mano e lo tirasse ancora a terra, verso di sé.

«Dai, Zeno, alzati!» gridò Lorenzo.

Zeno riuscì finalmente a mettersi in ginocchio, ma subito Alvise si aggrappò alle sue spalle e, lasciandosi cadere all'indietro, lo portò con sé pancia all'aria, impedendogli qualsiasi movimento. A quell'immobilità senza scampo Zeno cercava di rimediare con un furibondo scalciare, che colpiva ora le caviglie ora le ginocchia di Alvise. Poi, con un guizzo, non riuscendo a fare niente delle sue mani né dei piedi, gli morse con rabbia l'avambraccio. Alvise si tirò indietro bruscamente e si rialzò, mentre Zeno, con movimenti scomposti, si allontanava svelto dal suo avversario.

«Sei matto! Matto da legare» gli disse Alvise.

«Hai cominciato tu!» si difese Zeno rimettendosi in piedi. «Sai fare solo questo: picchiare, e farti bello.»

«Senti chi parla!» esclamò Alvise. «Quello che fa il lecchino con il maestro. Zeno di qua, Zeno di là...»

«Sei solo invidioso! Perché tu a scuola non vai bene» disse Zeno, sforzandosi però di non incrociare lo sguardo di Lorenzo perché, in un moto di repulsione lancinante, non voleva essere accomunato a lui, come un'ultima disperata forma di lealtà agli anni di scuola trascorsi, malgrado tutto, gomito a gomito con Alvise.

«Io non sono invidioso» si rivoltò Alvise. «E di cosa poi?»

«Sì, invece» replicò Zeno, «sei invidioso e ignorante.»

Ci fu un attimo di silenzio, denso, compatto; arrivava da lontano il brusio della gente in spiaggia e, ancora oltre, il respiro profondo del mare.

«Meglio ignorante che vigliacco» disse Alvise fissando Zeno.

«Zeno non è un vigliacco» gridò Daniele.

Alvise gli lanciò un'occhiata di sfuggita, come se si accorgesse solo in quel momento della sua presenza, poi tornò subito ad affrontare l'espressione buia di Zeno.

«Non sono un vigliacco» ribadì Zeno, ma lo disse piano e con lo sguardo così triste che tutto in lui sembrava indicare il contrario di quello che la sua voce diceva. «Non ho bisogno di fare il gradasso per farmi notare, io. Tutto qui.»

«Ah no? E allora perché hai fatto l'eroe quando hai tirato Bruno fuori dall'acqua?» gli disse Alvise avvicinandosi di un passo e facendo un gesto brusco in direzione di Bruno.

«Dovevo lasciarlo annegare?» sbottò Zeno aprendo le braccia.

«Non dico quello» tagliò corto Alvise. «Ma anche tu eri entrato in acqua. Però le sgridate le ho prese solo io. E tu te ne sei fregato. Te ne sei fregato e ne hai approfittato per fare colpo su Monica.»

Bruno se ne stava in disparte e lanciava occhiate preoccupate verso il mare, combattuto tra la preoccupazione che la madre partisse alla sua ricerca e la voglia di chiamare qualcuno a risolvere quella battaglia. Sentendo rievocare l'incidente di giugno che l'aveva visto suo malgrado protagonista, cercò invano un cenno rassicurante di Sergio e, non trovandolo, iniziò a indietreggiare verso la spiaggia.

«E tu, allora?» continuò Zeno. «Hai spento quel fuocherello alla processione e sembrava che a Monica le avessi salvato la vita. E andavi in giro così» e gonfiò il petto e rientrò il mento in una posa di odiosa tracotanza, «con lei che ti correva dietro.»

«Sarà anche stato un fuocherello da niente, ma voi siete rimasti tutti là impalati come salami» replicò Alvise.

«Non è vero!» si difese Zeno, ma tutti i pensieri sulla propria mancanza di coraggio che l'avevano tormentato per giorni gli tornarono in gola come un conato e non poté ribattere nient'altro.

Anche ad Alvise le parole morirono in gola, perché sapeva che l'ammirazione di Monica gli era così tanto piaciuta che da allora, e fino a quella mattina, non aveva smesso di cercare di nuovo di fare colpo su di lei.

«E comunque Monica non c'entra un bel niente» disse Alvise, superando l'intralcio dei propri pensieri. «L'unica cosa che conta è che durante la gara tu hai imbrogliato» e puntò un indice accusatore verso Zeno fino a piantarglielo sullo sterno. «Pensavi che nessuno poteva vederti sott'acqua...»

«Non è vero!» mentì ancora una volta Zeno.

«...e invece Monica ti ha visto!» continuò a infierire Alvise, pentendosi subito di aver pronunciato di nuovo quel nome.

A ogni frase gridata, a ogni insulto lanciato come una sferzata, i due ragazzini si protendevano uno verso l'altro, mentre gli amici si guardavano tra loro con un misto di stupore e inquietudine. Sentivano che Alvise e Zeno sarebbero ancora venuti alle mani, ma l'eccitazione iniziale si stava trasformando in un impreciso nervosismo che aleggiava tra loro senza che nessuno riuscisse a placarlo.

«E voi?» chiese Alvise rivolgendo la sua furia verso gli altri. «Anche voi avete visto tutto, vero?»

Ma tutti restarono muti e immobili, perché prendere partito era una mossa pericolosa. Solo Daniele fece un passo verso Zeno, ma anche lui non disse una parola, impressionato dalla foga di Alvise.

«Credi di sapere tutto, e invece non sai niente!» rispose Zeno dandogli uno spintone sulla spalla.

Alvise barcollò per un attimo ma, facendo roteare vorticosamente le braccia, ritrovò l'equilibrio e si lanciò con un balzo verso Zeno. Alvise ebbe il tempo, brevissimo, di vedere Lorenzo che si spostava di lato, Sergio che indietreggiava, Bruno che guardava allarmato in direzione della spiaggia; riuscì anche a cogliere di sfuggita il grido di Daniele con le braccia aperte verso il fratello e per ultimo lo sguardo stupito e stanco di Zeno.

Poi tutto finì. Un'esplosione fortissima riempì il mondo: le menti confuse, i cuori attoniti, i corpi tesi e ogni microscopico interstizio della pineta.

16

La violenza di una slavina, mostruosa e invisibile, li travolse senza preavviso. Lo spostamento d'aria li alzò da terra, scaraventandoli lontano e poi buttandoli giù come burattini disarticolati: Zeno in direzione della spiaggia, e così pure Bruno e Daniele; Alvise al lato opposto, Sergio contro il tronco di un albero e poi giù tra le radici sporgenti e bitorzolute, Lorenzo sopra a Sergio.

Era come se qualcosa di terrificante e ultraterreno strappasse loro tutta l'aria dai polmoni, come se l'atmosfera fosse diventata improvvisamente densa e viscosa, impossibile da penetrare, pesante sulla pelle come lava incandescente. Il suolo tremava e pareva decomporsi, come se la terra avesse trovato insospettabili vie d'uscita e minacciasse di sottrarsi, lasciandoli sospesi nel nulla. Il boato li immerse in un silenzio spaventoso e innaturale, dal quale affiorò prima un rimbombo, poi un'eco ferocissima che squassava la testa. Gli uccelli abbandonarono gli alberi in blocco in un frullare impazzito di ali, e le chiome scompigliate lasciarono che i raggi del sole violassero l'ombra tiepida della pineta.

La prima cosa che Alvise riuscì a udire fu il rumore affannoso del proprio respiro, un rantolo cavernoso, esangue, che gli arrivava da dentro, saliva dalle viscere, come una richiesta di aiuto. Sentiva le tempie pulsare, le palpebre disperatamente incollate, la bocca spalancata in una smorfia di terrore, le mani morte lungo i fianchi. Udì allora, come proveniente dall'oltretomba, un nuovo schianto e poi un altro ancora; ma più che con le orecchie ferite, fu tutto di lui a percepirlo, come uno smottamento del suolo, uno sgretolio che si espandeva, facendo vibrare ogni tessuto del suo corpo. Bombardato da una pioggia di aghi di pino e pezzi di corteccia e rami, Alvise espirò un grido atterrito e animale, poi alzò un braccio a coprirsi gli occhi, ma qualcosa gli impediva di fuggire, lasciandolo inerme ed esposto a quella che sembrava la fine del mondo.

Avrebbe voluto chiamare il padre. Sebastiano di certo sarebbe venuto a cercarlo; allora si mise a sperare, e a dirsi poi che la madre si sarebbe arrabbiata, perché non era rimasto con le zie, perché non l'aveva ascoltata e aveva fatto ancora a modo suo, per mostrare a tutti che aveva ragione. No, non a tutti: quello che gli importava davvero era che Monica si ricredesse sul suo conto, e meglio ancora che stesse dalla sua parte a occhi chiusi, proprio come faceva Nicolò. Pensò al fratello e, abituato ad averlo con sé, ebbe un sussulto, ma subito si ricordò che se n'era andato con la madre e provò sollievo e una confusa speranza. Nicolò avrebbe di certo suggerito di cercare nella pineta, perché aveva imparato a pensare come lui, gli leggeva dentro, e tra di loro non c'era mai bisogno di sprecare parole, di convincere o di scusarsi.

Con tutti gli altri non era così e su una cosa Zeno aveva ragione: solo quando c'era da gareggiare, o da usare più il corpo che la testa, solo in quei casi lui aveva una possibilità di vincere, voleva vincere. Ma per il resto? Per il resto avevano ragione loro: sarebbe stato meglio mettere più impegno a scuola, fare come gli dicevano la madre e il maestro e anche Zeno, e impararle quelle stupide tabelline. Sì, se ci avesse messo più impegno, si sarebbero convinti tutti di mandarlo alle scuole medie, e soprattutto il padre. E così lui e Zeno sarebbero stati insieme per sempre.

Alvise provò un senso di vertigine, non riusciva a contare il tempo, i rumori gli rimbombavano in testa distorti e paurosi, gli pareva di distinguere grida lontanissime, il verso di gabbiani impazziti, l'ululare di una sirena. Per un po' restò lì, il braccio ancora piegato sul viso a ripararlo dal crollare incessante delle chiome degli alberi, lambite da un incendio che, a poco a poco, in un crescendo implacabile di intensità, cominciava a mangiarsi la pineta. Poi l'odore acre di resina, il fumo e un pulviscolo gli aggredirono le narici e gli riempirono la bocca.

«Zeno!» gridò allora, iniziando a dimenarsi, tossendo e alzandosi a fatica sui gomiti.

Ma gli rispose solo quell'accozzaglia spaventosa di rumori da fine del mondo e Alvise perse i sensi.

Zeno era più lontano, colpito dalla stessa gragnuola che la pineta riversava su tutto. Incapace di muoversi, come dissociato dal suo corpo, era stupito più ancora che spaventato. Gli si affastellavano in testa tentativi subito abortiti di trovare una spiegazione a quell'urto fracassante che lo aveva scaraventato lontano. Confuse tutto, la lite con Alvise e poi l'esplosione, credendo per un attimo che quella spinta violenta che lo aveva alzato da terra attanagliandogli il ventre fosse frutto della rabbia di Alvise. Il torace magro conteneva a fatica l'affanno del respiro e il corpo gli pareva così molle che alzarsi sembrava un gesto disumano, del tutto fuori della sua portata.

Tentò di urlare ma la voce gli si spense in gola. L'incomprensione e lo stupore divennero allora una paura sorda, e l'unica cosa che riusciva a intendere era il tamburo del suo cuore e un gorgoglio innaturale, che proveniva dalle viscere e si mescolava al sibilo dei polmoni.

Per prima cosa Zeno pensò a Daniele, alla promessa fatta alla madre di tenerlo sempre vicino. Tentò di muovere la testa da una parte e dall'altra per cercarlo, ma era come se qualcosa lo inchiodasse al suolo e rendesse ogni movimento vano e doloroso. Pensò che la madre non si sarebbe più fidata di lui, che l'avrebbe delusa ancora, e di nuovo avrebbe dovuto affrontare la sua espressione di disappunto. Istintivamente cercò una spiegazione da darle, ma la testa si svuotava di ogni ragionamento attendibile e diventava caos. Restava solo la paura, perché niente di quello che lo attraversava assomigliava a qualcosa che aveva già vissuto.

Il boato dell'esplosione l'aveva spinto in un mondo improvvisamente silenzioso, ma a poco a poco emerse da lontano l'onda d'urto di una nuova detonazione, seguita da una rinnovata pioggia di terriccio, rami e detriti, che lo obbligarono a contrarre tutto il viso in un tentativo disperato di proteggersi.

«Daniele!» rantolò Zeno, stringendo le dita in uno spasmo.

Un gusto acre e freddo di metallo gli riempì la bocca e una nausea violenta gli strinse dolorosamente la gola. Poi qualcosa si placò e, socchiudendo impercettibilmente le palpebre, lo sorprese il movimento delle chiome degli alberi. Abbandonate dagli uccelli in fuga, le fronde agitate lasciavano entrare la luce del sole, che continuava a splendere indifferente sopra ogni cosa.

Zeno mosse a fatica la testa, la nuca gli doleva e, per un motivo che non capiva, le braccia erano del tutto svuotate di forza e restavano vani i suoi tentativi di muovere il corpo, immobile, come una bambola di pezza. Il respiro si fece più corto. Spalancò la bocca per chiedere aiuto, e restò così, incantato, a guardare una lunga lingua di fuoco che si inerpicava sul tronco accanto a lui e già raggiungeva i rami alti del pino da cui si sprigionava un fumo denso e odoroso.

«Mi dispiace, mi dispiace» mormorò Zeno singhiozzando.

Poi riuscì a sollevare una mano per asciugare le guance

bagnate di lacrime, e lo fece piano, come una carezza a sé stesso.

«Alvise!» chiamò poi, facendosi coraggio al pensiero dell'amico.

E iniziò a lanciare manciate di terra e sassi per spezzare quel silenzio innaturale che lo soffocava e lo impauriva.

Non si capacitava che quella fosse la stessa giornata luminosa e caldissima delle gare, quella che tutti aspettavano con impazienza, quella sulla quale si erano concentrati tutti gli sforzi e le pene dell'estate. E ora era anche colpa sua se tutto era andato male. Se si trovava in mezzo alla pineta invece che in acqua a giocare, se si stava battendo con Alvise invece di festeggiare una vittoria costruita insieme, se con un imbroglio meschino aveva fatto andare tutto per aria, non solo la gara ma anche un'amicizia che si reggeva ormai solo a un filo.

Quanto avrebbe voluto non aver agito in quel modo! Come gli pesava dentro non sapere se poteva ancora contare su Alvise! Come rimpiangeva tutte le settimane perse a guardarsi in cagnesco, invece di approfittare dell'ultima estate in cui avrebbero potuto fare come se niente dovesse cambiare mai. Per quale ragione doveva essere così importante se uno andava alle scuole medie e l'altro invece no? Non contava forse di più tutto il resto? E Monica? Non gli piaceva forse solo perché piaceva ad Alvise?

Zeno sentì la testa vuota, leggera, e chiuse gli occhi. Gli sembrò che il tappeto di aghi di pino che gli pungeva la nuca si aprisse e volesse inghiottirlo.

«Alvise...» chiamò piano. Poi svenne.

17

Una voragine mostruosa squarciava la spiaggia là dove da mesi erano allineati i fusti di esplosivo. Una spessa nuvola di fumo mescolato a polvere e terriccio si alzava minacciosa nel cielo, lasciando cadere su tutto una luce smorta e soffocante. Il boato della detonazione sembrava non volersi dissipare, ma si moltiplicava in un rimbombo e poi in esplosioni minori che ravvivavano la massa di polvere sospesa nell'aria, le fiamme e l'odore fetido di esplosivo. Un calore magmatico, del tutto diverso da quello del sole, dilagava intorno portando morte e distruzione.

L'esplosione divorò tutto, spazzando via persone e cose con una ferocia senza pari. E al di là del perimetro vastissimo all'interno del quale nessuno trovò scampo, le urla si alzavano terribili e impotenti. Maschere mostruose di sangue e paura coprivano i volti sfigurati da quella barbara violenza, increduli, confusi, in fuga. Combustioni localizzate punteggiavano la spiaggia, dalla pineta alla battigia. Dal cielo ricadeva polvere mescolata a frammenti di ogni cosa, materia irriconoscibile ridotta a coriandoli, che scendevano come neve estiva in mulinelli rallentati dal fumo.

Il pianto convulso di un bambino si mescolò alle urla dei sopravvissuti, al rantolo dei feriti, al verso lungo e selvaggio dei gabbiani. Una donna con la gonna strappata e un taglio lungo che correva dalla caviglia fino al ginocchio lo prese tra le braccia, lo strinse al petto e si allontanò di qualche passo verso il mare. Poi indietreggiò e prese a correre in direzione della pineta, ma un fumo spesso e alte lingue di fuoco formavano una barriera mostruosa e insormontabile. La donna si accasciò sulle ginocchia, si piegò in due sul bambino, che non aveva mai smesso di piangere, finché un vecchio con un fazzoletto premuto sulla bocca e gli occhi tenuti ostinatamente chiusi, quasi che le palpebre fossero per sempre incollate, non inciampò su di loro.

«Le bombe! Le bombe!» ripeteva l'uomo, cercando di rialzarsi e barcollando per quella cecità improvvisa.

La spiaggia era diventata una trappola mortale, chiusa tra il mare e la pineta, che l'esplosione aveva trasformato in un muro di fuoco. I gabbiani volavano in cerchi sempre più bassi lanciando grida stridule, poi scendevano in picchiata come impazziti e riprendevano quota, ricominciando a girare sopra quell'inferno.

Un ragazzo stava piantato sul bagnasciuga con gli occhi fissi su un uomo che, piangendo e bestemmiando, colpiva uno degli uccelli con un bastone annerito, per ricacciarlo indietro, e più infieriva e più i suoi colpi erano male assestati. Il gabbiano, con apparente noncuranza, mollava il brandello di carne su cui si era avventato, volava paziente qualche metro più lontano, e poi subito tornava verso quei resti che l'uomo tentava disperatamente di difendere.

Il ragazzo si avvicinò e tirò l'uomo per un braccio, per sottrarlo a quella disgustosa battaglia. L'uomo appoggiò la testa alla spalla del giovane e insieme avanzarono verso il mare con passo malfermo, inciamparono più volte e caddero, imbattendosi in membra umane e brandelli di carne e lembi di vestiti dai colori vivaci.

Il corpo scuro di un cane emergeva di fronte a loro, con il muso affossato nei ciottoli fino alle orecchie. A ogni incontro l'uomo si piegava in avanti in un rantolo doloroso finché si afflosciò e vomitò e pianse, con le mani che gli coprivano il volto e le dita ficcate nelle orbite degli occhi. Infine, lasciò che il ragazzo lo tirasse di nuovo in piedi, come se il suo corpo non gli appartenesse più, e si lasciò guidare verso il molo.

Passarono accanto a una ragazzina di dodici o tredici anni, immobile, il volto pallido, gli occhi vitrei, la bocca socchiusa sui denti sporchi di sangue. Se ne stava dritta davanti al mare, indifferente al chiassoso e nauseante banchetto dei gabbiani, alle urla della gente, al suono delle sirene che copriva tutto. Le onde rosse di morte le lambivano i polpacci esili e inzuppavano un lembo strappato dell'abito, benché, con un gesto di inutile precauzione, tenesse la gonna sollevata con entrambe le mani, come di certo la madre si era raccomandata di fare poche ore prima. Galleggiavano davanti a lei arti umani, pezzi di legno, oggetti di una vita quotidiana già lontanissima.

Dalle barche al largo, affollate di gente, arrivavano fin sulla spiaggia voci concitate di terrore. Qualcuno si tuffava per riguadagnare la costa, facendo beccheggiare pericolosamente l'imbarcazione, un altro si aggrappava alla fiancata dopo essersi avvicinato con bracciate furibonde e cercava di issarsi a bordo; un altro ancora si metteva in piedi, le mani nei capelli, lo sguardo sconcertato che si spostava dal bagnasciuga fino alla colonna di fumo denso che si alzava nel cielo.

Uno dei barconi che facevano la spola tra il porto di Pola e Vergarolla spense i motori e restò fermo al largo, respinto dall'inferno che si scatenava a riva. Il capitano non si decideva a ripartire verso Pola, come se qualcosa lo trattenesse, quasi lo aspirasse, impedendogli di voltare la prua verso la città, per chiedere aiuto, come lo esortavano alcuni, o per mettersi in salvo, come gridavano altri. E invece lui continuava a esitare, restava là, le mani aggrappate al parapetto e lo sguardo fisso sul fuggi fuggi della gente.

«Ancora la guerra» disse un vecchio vicino a lui.

Aveva gli occhi arrossati e nelle mani teneva stretto il cappello in quel gesto di rispetto contrito e umiltà impotente che si compie davanti a un corteo funebre.

«La guerra?» gli fece eco il capitano con stupore, mentre la brezza portava fino a loro le grida della gente, il pianto dei bambini, i nomi gridati con vocali lunghissime in un continuo chiamare e cercare e chiamare ancora, senza tregua.

Sul lato opposto alla pineta, trasformata ormai in una cattedrale di fuoco, si ammassava la gente che arrivava di corsa dalla città formando un cordone scuro, agitato e sempre più chiassoso. Alcuni si ostinavano a cercare in cielo il bombardiere che avesse lanciato gli ordigni e, facendo vela con le mani per ripararsi gli occhi dal sole, spiavano le nuvole, ma invece di scorgere una squadriglia che spariva all'orizzonte potevano osservare stupefatti solo una quantità impressionante di uccelli che si ammassava sulla riva, la stessa nuvola scura che capitava di vedere intorno alle reti colme dei pescherecci. Subito un gruppo di uomini si inoltrò sulla spiaggia dandosi voce e coraggio l'un l'altro, ma dopo pochi passi la scena macabra che si aprì davanti a loro li sferzò con una violenza tale che rimasero muti e inorriditi. Il loro passo rallentò, la bocca spalancata, le mani strette intorno alla testa, gli occhi sgranati che bruciavano per il fumo acre, le gambe improvvisamente molli e buone più a niente, né a scappare né a portare soccorso.

Alcuni si avvicinarono ai corpi riversi.

«Le ambulanze, chiamate le ambulanze!» gridò un uomo.

Poi si chinò e con un gesto timido tolse un ciuffo di capelli dal volto inerme di un bambino e coprì il petto nudo di una donna.

«Un'ambulanza, ci vuole un'ambulanza» ripeté più piano, come se il rumore stesso della sua voce gli suonasse improvvisamente spudorato.

Nel frattempo, si spostava con passo malfermo tra quelle vite in frantumi e teneva stretto in mano un fazzoletto annerito che di tanto in tanto passava sugli occhi umidi.

«La pineta! Bisogna cercare nella pineta!» urlò un ragazzo poco distante, girando convulsamente la testa a destra e a sinistra e puntando il braccio teso come la canna di un fucile in direzione del bosco. «C'era tanta gente là dentro!» disse all'uomo accanto a lui.

«E come si fa?» rispose quello.

Ed entrambi fissarono le fiamme che avevano trasformato gli arbusti in palle di fuoco, si inerpicavano sui tronchi lunghi e lambivano le chiome scure, soffocate da bozzoli di fumo che salivano verso il cielo, striandolo di nero. Gli alberi più vicini alla spiaggia erano decapitati, ridotti a monconi carbonizzati, oppure del tutto disintegrati, mentre la pineta sembrava indietreggiare.

«C'era tanta di quella gente là dentro» ripeté il ragazzo mestamente.

Un pino si piegò verso gli altri con un rumore di frana, uno scricchiolio e poi un tonfo sordo, attutito dal crepitare insistente del sottobosco in combustione.

«Non c'è più nessuno là dentro» rispose l'uomo.

18

Un sibilo affilato come la lama di un coltello vibrava infernale nelle orecchie di Zeno mentre i suoi occhi si aprivano a fatica: appena una fessura e la luce trafisse dolorosamente il suo sguardo obbligandolo a chiudere di nuovo le palpebre. Un odore pungente di resina e legno bruciato gli assaliva le narici, disseccava la bocca già arsa e inaridiva la gola.

Zeno mosse penosamente la testa, un movimento lievissimo da destra a sinistra, un dondolio impercettibile che gli sembrò però faticosissimo, perché un rumore pesante gli invadeva il cervello come magma, gli faceva pulsare le tempie, spingeva nei timpani e poi giù in gola, fino ai polmoni che sembravano collassare a ogni respiro.

Riuscì finalmente ad aprire del tutto gli occhi e osservò il soffitto di fumo che soffocava le chiome degli alberi e, oscurando il sole, ne smorzava la luce, avvolgendo tutto in un'atmosfera bizzarra che non apparteneva più ad alcuna stagione.

La testa non smetteva di rintronare, amplificando il fischio che gli bruciava spietato nelle orecchie. Nel corpo iniziarono ad affiorare sensazioni mai provate: lo sterno pesante, le gambe inermi, la schiena sudata e la pelle delle braccia viscida, un peso caldo sul ventre e il cuore come impazzito. E quella voglia di chiudere le palpebre pesantissime.

Tornò prepotente l'immagine di Daniele, come uno scossone che lo strappò dal torpore: Zeno aprì le braccia, poi le riportò lungo il corpo, come se ancora stesse nuotando, e cercò intorno un appiglio.

«Daniele!» tentò di gridare, ma dalla gola arsa non uscì nient'altro che un rantolo animale intriso di lacrime e di paura.

La mano destra sfiorò il ramo caduto di un pino, gli aghi lo graffiarono e Zeno si aggrappò a uno di quei ciuffi pungenti. Con la sinistra spinse con furia per terra finché il corpo ruotò sul fianco, trascinandosi dietro l'anca con una scarica di dolore, la gamba svuotata di forze e la caviglia disarticolata.

Quando la fitta si calmò, gli parve improvvisamente di respirare meglio e, appoggiandosi alla mano, spinse con una forza furibonda che non sapeva di avere. Staccò il busto da terra finché riuscì a puntare il gomito e poi a raddrizzarsi in un'instabile posizione seduta.

«Daniele!» cercò di urlare più forte Zeno.

Con uno sforzo disumano si alzò sulle ginocchia, restò così per una manciata di secondi e poi crollò in avanti sulle braccia tese, che subito cedettero a quel modesto impatto, lasciandolo cadere di nuovo a quattro zampe con la testa che ciondolava verso il basso. Fu in quel momento che vide il proprio corpo devastato, uno squarcio aperto nel ventre da cui fuoriusciva un grumo molliccio e biancastro, il sangue che colava denso e caldo lungo le gambe.

Si mise a tossire per l'odore pungente di fumo che invadeva le narici, si infilava in bocca, gli cavava lacrime dagli occhi brucianti. Alzò la testa, portò avanti una mano, poi una gamba, poi l'altra mano, poi ancora l'altra gamba e si aggrappò al tronco esile di un giovane pino come un naufrago all'ultimo frammento della sua zattera di fortuna.

«Daniele!» chiamò ancora Zeno, ma nessun suono oltrepassò il rombo che aveva in testa.

La cappa di fumo si insinuava più profondamente tra i rami alti dei pini e il lato del bosco che dava sulla spiaggia si era trasformato in un'insormontabile barriera di fiamme, che avanzavano come mosse dal vento. Zeno guardava quella danza di fuoco e vedeva solo il disgregarsi inesorabile della vegetazione, tra i rami che crollavano e le sagome sempre più nere degli alberi carbonizzati. Abbassò di nuovo la testa e fu allora che scorse a pochi metri, in un groviglio di rami spezzati, una piccola scarpa da cui uscivano inconfondibili le righe bianche e rosse del calzino di Daniele.

«Daniele! Daniele!» chiamò di nuovo Zeno.

Abbandonando il sostegno dell'albero a cui si era aggrappato, si trascinò fino alla scarpa, la afferrò, ne estrasse il calzino a righe, poi subito lo infilò di nuovo nella scarpa e la usò per raspare con foga tra gli aghi di pino e i frammenti di corteccia, animato da una nuova speranza.

Trascinandosi a fatica prima da una parte e poi dall'altra, rimestò con le mani tutto intorno, ma presto gli occhi gli si annebbiarono per lo sforzo e infine cadde bocconi sfinito.

«Daniele!» chiamò ancora una volta piangendo.

La voce gli tremava e tutto il corpo era diventato freddo. La guancia bagnata di lacrime si appoggiò al tappeto irto del sottobosco come al più morbido dei cuscini. Gli occhi socchiusi fissavano la parte bassa dei tronchi dove il fumo soffocante, scendendo dalle chiome con incongrua lentezza, occultava già gli arbusti più grandi.

Il fischio che gli riempiva la testa sembrava ancora più forte, trafiggeva il rombo grave nel quale si trasformava ogni rumore esterno, mescolandosi al respiro affannoso, al nome di Daniele pronunciato ormai come una supplica.

Zeno sentiva l'incendio che incalzava alle sue spalle, il calore che lambiva il suo corpo freddo e immobile. Strinse al petto la scarpa di Daniele e chiuse gli occhi stremati. Si sforzò di pensare che sarebbero arrivati i soccorsi, avrebbero trovato lui e anche Daniele.

Poco più in là, Alvise tossì e il suo corpo scosso lo riportò in sé. La gola era ruvida e secca come carta vetrata, la bocca aperta a cercare aria non trovava che un'atmosfera asfittica che gli pesava sul costato come un macigno. Si sedette con un balzo, puntò le mani a terra spingendosi verso l'alto, ma qualcosa di possente lo tirò di nuovo in basso. Il corpo si abbatté al suolo, Alvise inarcò la schiena e urlò. Con il volto pallido per il dolore improvviso e intensissimo, rimase steso respirando con affanno per qualche minuto. A poco a poco alzò di nuovo il torace puntando i gomiti a terra e, cercando con lo sguardo l'origine di quel dolore, scorse il tronco lungo di un pino abbattuto sulla sua coscia destra. Il respiro riprese ad accelerare, e il corpo ad agitarsi nel tentativo di estrarre la gamba da quella tagliola. Il tronco, però, non era che uno dei tanti fili del mostruoso intreccio vegetale che lo arpionava a terra. Alvise cercò di afferrare con le mani i rami più sottili e tirò e spinse e torse, ma ogni millimetrico spostamento di un tronco provocava lo slittamento di un altro, rinnovando il dolore dell'arto intrappolato.

Si sedette di nuovo, appoggiò saldamente le mani a terra e tese le braccia. Puntò il piede sinistro sul tronco e spinse con furia, concentrando sulla pianta di quel piede tutto il peso del corpo e della disperazione, mentre tentava di indietreggiare con il bacino ed estrarre la gamba in trappola. Il primo tentativo fallì, ma infine qualcosa si mosse.

Fu uno spostamento impercettibile, ma ad Alvise bastò: con un urlo bestiale diede un'ultima spinta disperata e riuscì a estrarre la gamba. Poi, stringendo la coscia dolorante, si piegò in avanti e guardò la ferita lunga e profonda che gli lacerava la pelle e si riempiva progressivamente di sangue scuro.

«Zeno! Zeno!» si mise a chiamare a gran voce. «Sergio! Bruno!» Ma nessuno gli rispose.

La pineta in fiamme cadeva pezzo dopo pezzo e sembrava chiudersi minacciosa su di lui. Alvise tirò a sé entrambe le gambe e si mise in ginocchio, poi in piedi, sbilanciandosi tutto verso sinistra. Appoggiandosi a un tronco fece un saltello, poi un secondo, ma quando il piede destro sfiorò il suolo una fitta feroce gli salì dal tallone all'anca e la coscia sembrò esplodere. Alvise si afflosciò a terra, ansimante, un rantolo cupo che gli faceva vibrare la gola.

Un rombo pauroso gli riempiva la testa, un fragore monotono che occultava il respiro angosciante della foresta che si sfaldava, il franare lento di rami in fiamme che pendevano, si incastravano, ne trascinavano altri nella loro caduta e poi si abbattevano al suolo. Imprigionato al di sotto delle alte chiome infuocate, il fumo scendeva tra gli alberi in volute, ammassi caldi e soffocanti a cui si mescolavano nugoli di polvere sollevati dall'infuriare dell'incendio.

Stordito, Alvise rimase per qualche secondo a fissare l'erba secca sotto di sé che si tingeva del rosso cupo del suo sangue. Si morse il labbro per trattenere i singhiozzi e il dolore, poi si guardò intorno con lo sguardo affamato di chi cerca una risposta, un appiglio. Ma il fumo era sempre più denso e basso, cosicché non riusciva più a capire dove fosse la spiaggia. Non c'era più alcuna zona luminosa, il biancore dei ciottoli, la striscia blu del mare, l'azzurro del cielo: tutto era stato inghiottito da quello spandersi di fumo, di fiamme e di calore.

«Zeno!» gridò Alvise con disperazione, mentre cercava di avanzare.

Appoggiava le mani, tirava a sé il ginocchio sinistro e avanzava di qualche decimetro, poi trascinava a denti stretti la gamba destra.

«Zeno! Sergio! Bruno!» e di nuovo appoggiava le mani, tirava a sé il ginocchio sinistro, trascinava la gamba destra e ancora e ancora.

Non aveva fatto che pochi metri quando le braccia si svuotarono di ogni forza e crollò bocconi con la faccia sul terreno. La gamba ferita, rigida come un pezzo di legno, non cessava di bruciare. Alvise vide le mani imbrattate di una poltiglia scura che era terra impastata con il sangue della ferita e cercò con sgomento di pulirle sul tappeto di aghi di pino. Si lasciò cadere sul fianco, si strinse le mani intorno alla vita e smise di piangere.

19

Monica aprì gli occhi a stento. Aveva la bocca piena di terriccio e le braccia ripiegate dolorosamente sotto il corpo. Il boato dell'esplosione si era zittito, lasciandosi dietro un'eco grave e poi un silenzio solido e stupefatto. La nube di polvere e detriti le era passata sopra, portata da un'ondata di aria incandescente che le si era infilata nei capelli e l'aveva ricoperta di uno strato sottile di polvere e ghiaino. Qualcosa l'aveva spinta a terra e continuava a esercitare su di lei una pressione forte e costante che le impediva di muoversi.

A mano a mano che la nuvola di fumo si dissipava con fatica in volute meno compatte, iniziarono a emergere lamenti di dolore e urla di paura. Su tutta la spiaggia cadevano come tempesta infernale frammenti, scaglie, residui e poi, più lentamente, quasi con grazia, brandelli di stoffa, pezzi di carta, briciole che si lasciavano portare con più mansuetudine dalle caotiche correnti d'aria create dall'incendio che era seguito all'esplosione.

Monica non poteva disfarsi del peso che sentiva sulle spalle, ma riuscì a sollevare di un poco la testa mentre i superstiti, privi di orientamento e impazziti di terrore, tra grida e richieste disperate di aiuto, fuggivano in ogni direzione. Monica guardava dal basso quello spostamento confuso dei corpi e subiva inerme gli spruzzi di ciottoli alzati dai piedi concitati. Un bambino la calpestò correndo.

Su tutto planava lo stridere selvaggio dei gabbiani che

oscuravano l'azzurro del cielo in una giostra sempre più fitta, dalla quale si staccavano numerosi per scendere in picchiata sulla spiaggia. Uno planò basso e le sfiorò i capelli strappandole un grido di orrore. In un movimento brusco e scomposto, Monica riuscì a estrarre le braccia intorpidite da sotto il corpo e ad agitarle con furia sopra la testa per difendersi dall'animale.

Una ferita lunga le correva dalla spalla al gomito e improvvisamente ne avvertì il bruciore. Per un attimo pensò di aver preso troppo sole, come l'estate prima, quando la madre le aveva unto le spalle con l'olio di oliva e dopo due giorni una pellicina si era staccata in lunghe striscioline biancastre. Puntò le mani per terra, inarcò la schiena, sollevò il bacino ed ecco che il peso che l'aveva oppressa fino a quel momento scivolò via. Monica si sedette e infine si voltò, ma non capì.

Quello che l'aveva tenuta a terra era il corpo mutilato di Agnese, con il tronco privo di braccia, l'addome insanguinato e scavato al centro, le gambe piegate in una postura graziosa, con le ginocchia unite, fasciate da brandelli del prendisole colorato. E solo allora, a vedere i colori sgargianti di quella stoffa, in Monica fece irruzione il pensiero che quell'ammasso informe che le era scivolato di dosso avesse a che fare con la madre, e il frastuono che aveva in testa divenne il battito furibondo del cuore. Il terrore le agguantò lo stomaco con inaudita violenza, mentre la sua mente lottava nello sforzo troppo grande di capire che cosa stesse accadendo, cercando di far combaciare quello che aveva sotto gli occhi con qualcuna delle esperienze della sua giovanissima vita.

Risvegliata dall'orrore della realtà, Monica lanciò un grido bestiale, prese a divincolarsi isterica e, non potendo risolversi a toccare il corpo smembrato di Agnese, si allontanò strisciando e arrancando, senza smettere di urlare. Poi alzò gli occhi per cercare aiuto o consolazione e subito si zittì, come se qualcuno le avesse dato uno schiaffo per intimarle di tacere. Un gabbiano che le parve enorme si accaniva su un pezzo di carne: beccava, strattonava, lacerava e intanto le piume immacolate si sporcavano di un rosso feroce, lo stesso che tingeva la spiaggia tutto intorno.

Una donna le passò davanti: teneva tra le braccia il corpo ferito di un bambino e avanzava curva, usando il proprio corpo come scudo per proteggerlo dall'attacco impietoso dei gabbiani, agitando il braccio libero e urlando come impazzita.

La festa del mattino si era tramutata in un macabro banchetto a cui Monica assisteva disgustata, il cervello intorpidito, il corpo afflosciato e dolente. Le venne in mente quando la madre la mandava via dalla bottega perché non ascoltasse i clienti che si mettevano a parlare degli scempi della guerra.

«Grazie al cielo siamo ancora qua a raccontarcela» diceva Agnese per tagliare corto e a lei, che protestava per restare ad ascoltare, rispondeva che certe cose i bambini non dovrebbero neanche sapere che esistono.

«Quali cose?» riattaccava lei impaziente, ma Agnese la prendeva per le spalle, la faceva girare sui tacchi, le dava uno sculaccione e le diceva: «Va' a giocare, va', che Anna ti aspetta.»

Al pensiero della sorella, Monica si rianimò e prese a trascinarsi lì vicino, senza però riuscire a orientarsi, tanto il paesaggio era stravolto e diverso. La gente correva da ogni parte e più nessuno intorno a lei era lo stesso di pochi minuti prima.

Riuscì a stento ad alzarsi in piedi, lottando contro le vertigini e una nausea imperiosa che la buttò di nuovo a terra:

vomitò in pochi violentissimi conati che la lasciarono scossa dai brividi, con gli occhi gonfi di lacrime e il fiato corto.

Monica si lasciò andare a un pianto dirotto e solitario. Un bimbo con il viso stralunato e gli occhi sgranati in un'espressione assente si fermò vicino a lei per qualche secondo e poi ricominciò a vagabondare sulla spiaggia devastata.

«Anna…» chiamò piano Monica.

Si rimise in piedi e barcollando fece qualche passo verso il bagnasciuga. Il mare non sembrava più mare, non rispecchiava più l'azzurro del cielo, non brillava più ai raggi forti del sole, ma si agitava rimescolato dal terrore della gente. Intanto, gli oggetti più disparati galleggiavano in superficie, subendo i moti contrastanti della massa d'acqua: spinti a riva dalle onde, poi ributtati al largo dai movimenti scomposti di chi scappava verso le barche, infine rimescolati dalla caccia insaziabile dei gabbiani, che si tuffano a becco vuoto per rialzarsi in volo sempre con un bottino insanguinato.

Monica si voltò di scatto, le sembrava che qualcuno la stesse chiamando. Restò ad aspettare e quasi sorrise, ma le arrivarono solo le urla della gente, il pianto di un bambino e su tutto lo sconquasso rumoroso della risacca putrida del mare. Abbassò gli occhi e vide nell'acqua, a pochi metri da lei, il cappellino a fiori di Anna, che galleggiava circondato da detriti e piume di gabbiani. Monica lo guardò stranita per qualche secondo, come aspettando che la sorella balzasse fuori dal mare con un sorriso. Ma il cappellino seguiva l'ondeggiare disordinato dell'acqua e sembrava avvicinarsi e poi ripartire un po' a destra, allontanandosi. I lunghi nastri con cui Agnese glielo allacciava in un bel fiocco sotto il mento disegnavano sulla superficie volute graziose che cambiavano continuamente forma.

Monica allungò un braccio, poi fece un passo e un altro e riuscì quasi ad afferrare il cappello, quando un gabbiano famelico si fiondò su di lei. Lo scacciò con un grido, ma subito ne arrivò un altro che la attaccò alle spalle. Monica perse l'equilibrio e cadde bocconi nell'acqua bassa, affondando con le ginocchia e con le mani nei ciottoli finissimi del fondale. Il gabbiano non si arrese e tentò di nuovo di beccarla, sfiorandole i capelli con le zampe enormi. Monica gridò spaventata e agitò le braccia all'impazzata, il volto deformato in una maschera di terrore. Con le ginocchia ancora piantate nel fondale, tentò con disperazione di allungarsi in avanti per afferrare il cappellino, riuscendo solo a spingerlo più lontano, mentre il suo corpo affondava in avanti, la testa appena sotto il filo dell'acqua.

Monica ripensò alla gara di nuoto, le sue bracciate lunghe, i raggi del sole che entravano dritti nell'acqua, la sagoma gialla della boa, l'acqua ancora fresca del mattino, che all'inizio l'aveva fatta rabbrividire, le scie lunghe di schiuma dietro ai piedi degli amici che si dannavano per vincere. Adesso, però, il corpo non rispondeva e Monica iniziò ad agitarsi in modo scomposto, le braccia che uscivano ed entravano dall'acqua, le gambe immobili, come di piombo. Per un attimo tirò fuori la testa e ingoiò una sorsata d'acqua putrida, sputò, inalò con affanno una boccata d'aria, poi di nuovo sprofondò, tentando invano di toccare il fondo con le mani.

Un uomo la prese per le spalle, le tirò fuori la testa dall'acqua e la trascinò a riva, inginocchiandosi accanto a lei.

«Basta, basta...» le disse poi con un'infinita tristezza.

Monica lo fissò stupefatta, e intanto riprendeva fiato con inspirazioni lunghe e faticose, deglutendo e tossendo, le guance rigate di lacrime di terrore.

«Andiamo via di qui» le disse l'uomo, guardandosi intorno spaventato.

Poi si alzò, infilò un braccio sotto le ginocchia di Monica, con l’altro le cinse le spalle, quindi la sollevò e si allontanò dall’acqua. Monica lasciò cadere pesantemente la testa all’indietro e volse lo sguardo ancora verso il mare.

Il cappellino di Anna non c’era più.

20

Era l'ora più calda della giornata, quella con le ombre più scure, i muri tiepidi, il selciato lucido di sole. Era l'ora in cui i rumori di stoviglie che uscivano dalle finestre aperte dietro i battenti socchiusi si udivano nitidi nei vicoli sonnolenti, dopo che i discorsi e le risate del pranzo domenicale si erano quietati, e che i bambini si erano addormentati nella penombra delle stanze calde, mentre gli uomini fumavano con il cappello sugli occhi e le donne parlavano basso nelle cucine, sospirando di fatica.

Rita entrò in casa, senza smettere di strattonare e rimproverare Nicolò che, ancora prima di imboccare lo stradone, si era messo a piagnucolare, infastidito dal caldo e deluso di non aver potuto restare con Alvise sulla spiaggia. Rita lo tenne stretto per il polso finché Nicolò non si tolse le scarpe, si sciacquò il viso con l'acqua tiepida del catino e infine acconsentì a stendersi un poco, ma solo sulle lenzuola fresche del letto matrimoniale, privilegio che chiedeva spesso e otteneva solo di rado.

Sul tavolo della cucina c'erano i resti del pranzo che Sebastiano doveva aver consumato in piedi: un tozzo di pane, le ossa ripulite di tre o quattro ali di pollo, la buccia di una pesca matura, ma non il nocciolo, che Sebastiano teneva in bocca per ore finché sulla superficie rugosa non restava più nemmeno una fibra della polpa del frutto.

Rita si passò una pezza umida sulla nuca sudata, accese la

radio che teneva sulla credenza mettendola a basso volume, bevve i resti freddi del caffè della colazione mentre una canzonetta popolare riempiva la stanza di una melodia allegra.

Fu in quel momento di quiete che il boato dell'esplosione irruppe nella cucina: una detonazione sorda, cupa, seguita da una seconda e poi una terza. Attraversata da un'ondata di vibrazioni, Rita lasciò cadere la tazza che si frantumò a terra, mentre il palazzo sembrava tremare sotto i suoi piedi e un frullare di uccelli impauriti volò via dai rami alti dei cipressi. Muto, Nicolò arrivò in cucina correndo e andò ad abbracciare le gambe della madre. Rita lo strinse a sé, poi lo sollevò e se lo mise a cavalcioni sull'anca, cercando nel quadrato di luce della finestra una risposta a quel fragore.

Si affacciò e vide che un gran numero di persone si era già precipitato nel cortile, proprio come si fa con il terremoto. Eppure tutti guardavano in alto, convinti che la spiegazione sarebbe arrivata dal cielo.

«Bestie di titini!» urlò una donna.

Gli altri invece non dicevano nulla, ma anche se non si udivano altri scoppi, nessuno si decideva a rientrare in casa.

«Là!» fece un bambino tirando la gonna della madre e puntando il dito in direzione della spiaggia.

Tutti si ammutolirono, scorgendo una colonna di fumo lunga e compatta, che saliva da dietro la linea scura dei cipressi e si stagliava minacciosa contro il cielo turchese.

«Là!» ripeté piano Nicolò.

E intanto Rita se lo stringeva addosso con ancora più forza, paralizzata davanti a quella colonna di fumo che non si dissipava e saliva come cotone annerito. Un'idea confusa ma tenace si fece spazio tra i suoi pensieri, come un suono assordante di cui al principio non si distingue la melodia. A poco a poco Rita mise a fuoco quell'idea e allora, di fronte allo spettacolo pauroso a cui assisteva da lontano, le mani cominciarono a tremare, gli occhi si sgranarono, la preoccupazione divenne sgomento, davanti all'inammissibile eventualità che quella colonna di fumo si alzasse dal punto del litorale in cui si trovava mezz'ora prima con i suoi figli. Dal punto in cui aveva lasciato Alvise.

«Mario! Mario!» gridò un uomo arrivato dallo stradone al volante di un furgone.

«Ma cos'è successo?» gli chiesero le persone radunate nel cortile, sperando che quello potesse dare risposte ai loro tormenti.

«È un disastro! È un disastro!» disse l'uomo agitato. Poi, lasciando in moto il furgone, scese dal mezzo e si diresse verso il portone del palazzo.

«Qui sono scoppiate le finestre!» aggiunse uno.

«Sì, anche la cappelletta all'angolo della strada non ha più le vetrate!» disse un altro ancora.

Il cortile si riempiva di persone e le voci entravano forti fin su nella cucina di Rita.

«Mario! Mario!» urlò di nuovo il tizio del furgone, alzando gli occhi sulle finestre del terzo piano.

Un ometto corpulento, vestito di una semplice canottiera bianca e un paio di pantaloni da festa uscì dal palazzo e gli si parò davanti serio.

«Bisogna che vieni.»

«Dove?»

«Giù, al mare. È successo qualcosa di grosso» gli rispose l'uomo, facendo cenno con la mano verso il furgone alle sue spalle.

E mentre parlava, la voce gli si incrinò: il mento cominciò a tremare, gli occhi gli si riempirono di lacrime e, scosso da un improvviso singulto, si inginocchiò a terra e scoppiò a piangere. Tutti intorno lo guardavano attoniti. Rita osservò la scena dall'alto, stringendo Nicolò a sé, e un senso crescente di oppressione le arrivò fino alla gola, come se la colonna di fumo che tagliava in due il cielo le impedisse di respirare liberamente.

«Andiamo» disse Mario.

Aiutò l'amico a rialzarsi e salì con lui sul furgone.

«Vengo anch'io!»

«Anch'io!»

Alcuni uomini salirono sul cassone senza aspettare conferma e il furgone partì in direzione della spiaggia.

Il tempo sembrava sospeso, come se un maleficio si fosse abbattuto su tutti loro, paralizzandoli. Da lontano arrivavano rumori di sirene, campanelli d'allarme, urla, in un miscuglio inquietante di suoni e richiami che salivano dalla città come un unico grido di paura.

In quel momento, arrivati da chissà dove, passarono a tutta velocità davanti al palazzo prima un autocarro militare, seguito da un secondo e un terzo, poi una jeep di ufficiali inglesi, che gettarono sulle persone rimaste nel cortile uno sguardo inespressivo e duro. Rita li guardò sparire lungo lo stradone e fu improvvisamente consapevole del silenzio che invadeva la cucina: la radio aveva interrotto le trasmissioni e la gente nel cortile aveva smesso di parlare.

Appoggiò Nicolò sul pavimento, ma per qualche minuto né l'uno né l'altra si mossero. Poi Nicolò andò a sedersi sul divano, con le gambe parallele a terra e i piedi nudi che sporgevano nel vuoto, mentre Rita si appoggiò appena sul bordo di una sedia, passandosi la mano sulla nuca e sulla gola, come se volesse togliere dalla pelle un'invisibile ragnatela.

Quando udì il rumore della bicicletta di Sebastiano, scattò in piedi senza osare guardare il figlio, perché temeva quello che il marito veniva ad annunciare.

«Rita! Rita!» sentì chiamare dal cortile e poi dall'atrio e

dalle scale buie e fresche e infine là, nella cucina inondata di sole. «Rita!»

Sebastiano si fermò di netto davanti alla moglie, poi allungò le braccia e la tirò a sé in un abbraccio disperato ma breve, perché subito si allontanò, e mentre Rita continuava a fissarlo seria, lui si guardò intorno con impazienza.

«Nicolò! Ah, piccolo mio!» disse, andando dal figlio con due passi lunghi.

Lo prese sotto le braccia e lo strappò dal divano sollevandolo, e intanto continuava a guardarsi intorno. Senza smettere di stringere Nicolò, si tuffò nel corridoio buio ed entrò con la testa nella stanzetta dei figli e poi in quella grande, dove il letto sfatto portava ancora l'impronta leggera del corpo di Nicolò. Quindi tornò in cucina. Rita non si era mossa di un millimetro se non fosse per le mani che le coprivano la bocca come per trattenere qualcosa. Nel frattempo dalla radio cominciò a uscire a singhiozzo una voce grave e insieme un rumore di sottofondo che assomigliava in tutto e per tutto a quello che saliva dalla città e arrivava fino alle finestre aperte del palazzo.

«E Alvise?» chiese Sebastiano.

«È rimasto in spiaggia» rispose Rita sorprendendosi nell'udire la propria voce.

«Da solo?»

«Con Mirella e Franca» rispose Rita con un sussurro.

Sebastiano fece ancora un passo verso di lei e quando si trovarono tutti e tre vicinissimi, disse:

«C'è stata un'esplosione.»

«Un'esplosione?» ripeté Rita.

«Un massacro spaventoso...» la voce della radio colpì Rita come una pallottola tirata a sangue freddo che la abbatté sulla sedia. «Morti squarciati dappertutto...» continuò il giornalista. «I soccorsi stanno arrivando in massa a Vergarolla: ambulanze, pompieri, mezzi militari. La Croce Rossa, i medici, la polizia e i soldati accolgono i superstiti, smistano i feriti e inviano all'ospedale i casi più disperati. La gente si assembra per offrire aiuto e cercare i propri cari, ma un cordone di polizia sbarra l'accesso alla spiaggia e alla pineta in fiamme.»

Sebastiano appoggiò con precauzione Nicolò sulle ginocchia di Rita, baciò la fronte fredda e sudata della moglie e corse via senza chiudere l'uscio di casa. Un alito fresco e umido sfiorò i polpacci di Rita facendola rabbrividire.

«Abbiamo raccolto i nomi di alcuni dispersi. Ringraziamo chiunque possa dare notizie utili, anche parziali. Si cercano Monica, Anna e Agnese Rocchi, Elena e Silvana Maresi, Emanuela e Matilde Saccon...»

«...E Alvise Dorigo» sussurrò Rita.

Nicolò si afflosciò su di lei e restarono così, immobili.

La gente non smetteva di affluire alla spiaggia, nonostante la polizia ne bloccasse l'accesso, ma tantissimi ormai prendevano d'assalto l'ospedale dove, a poco a poco, arrivavano le ambulanze, i mezzi militari, ma anche carri e barelle di fortuna che la gente trasportava a piedi da Vergarolla fino al pronto soccorso.

«Dottor Frattini!» esclamò il maresciallo dei carabinieri accennando un saluto militare, subito imitato dal giovane appuntato al suo fianco. «Non sappiamo cosa sia successo esattamente alla spiaggia di Vergarolla. È troppo presto per valutare la gravità delle conseguenze, il numero di persone coinvolte, di feriti e di morti. Ma tutto lascia presagire il peggio.»

Giuseppe e suor Paola, la caposala, si trovavano nel corridoio soffocante dell'ospedale che portava dall'atrio ai reparti, mentre il sole disegnava vasti quadrati luminosi entrando dalle finestre alte, affacciate sul giardino interno.

«A Vergarolla?» ripeté frastornato Giuseppe.

«Ma non c'era la gara oggi?» chiese suor Paola agitata. «Non era andata anche la signora Ottavia con i bambini?»

«C'è stata una forte detonazione e poi un incendio» continuò il maresciallo senza far caso alla suora. «Abbiamo feriti, ustionati, mutilati.»

«Gli organizzatori dicono che in spiaggia c'erano tanti bambini» aggiunse il giovane appuntato, fissando ora il medico ora la caposala.

«Va bene» reagì prontamente Giuseppe. «Abbiamo bisogno di tutte le sale operatorie, degli ambulatori di tutti i reparti, e di garze…»

Parlò rivolgendosi a suor Paola, cercando di ignorare l'espressione allarmata della caposala e sforzandosi di non ascoltare i dettagli macabri che l'appuntato non smetteva di elencare, come per liberarsi dall'orrore a cui aveva assistito. Intanto, sempre più persone entravano nell'atrio e i lamenti e le grida squarciavano la quiete luminosa dell'ospedale.

«Chiami anche Maria, Norina e suor Rachele. E il dottor Mattei. La sala operatoria deve essere pronta subito. Quella grande, e poi anche le due piccole, e gli ambulatori» continuò Giuseppe guardando i carabinieri uscire a passi lunghi.

Avrebbe voluto dire loro di accertarsi che Ottavia fosse a casa, che Zeno stesse giocando in piazzetta, che Daniele dormisse nel suo lettino, ma non disse niente e si incantò per un istante brevissimo, mentre la luce forte del corridoio smussava i contorni delle due figure scure che si allontanavano.

«Dottor Frattini, mando qualcuno a casa sua per sapere dove sono la signora Ottavia e i bambini?» chiese suor Paola.

Giuseppe le rivolse uno sguardo stranito, che la suora non poté decifrare, mentre dentro di lui, il medico e il padre combattevano una lotta disumana.

«Mandiamo Ferruccio a casa sua a vedere se stanno tutti bene?» tornò alla carica suor Paola.

«No! Ferruccio serve qui, o alla spiaggia! Non a farmi da segretario» disse Giuseppe con durezza, ma le sue spalle erano curve, piegate sotto un peso enorme e inatteso.

Suor Paola annuì con espressione contrita e istintivamente afferrò il rosario che pendeva dalla cintura.

«Ottavia non fa imprudenze» aggiunse Giuseppe raddrizzandosi.

Ma entrambi sapevano che quella volta la cautela non c'entrava, che il dramma che si stava svolgendo era di quelli che ti tirano nel mucchio senza guardare in faccia a nessuno, e che le cose peggiori non capitano solo agli altri.

Giuseppe risentì nitida nella mente la voce della moglie che quella mattina, davanti all'espressione delusa di Zeno che lo guardava partire, gli aveva detto piano, lisciandogli il bavero della giacca: «Capirà, capirà. Tu hai cose importanti da fare. E poi qui ci sono io.»

Su quella spartizione dei compiti era costruita la loro vita: ognuno al suo posto, l'impegno distribuito sulle spalle di entrambi.

«È più facile curare un malato che capire i tormenti di un figlio» aveva ammesso Giuseppe dopo aver sgridato Zeno per l'incidente con Bruno.

Ma nonostante le assenze, i malumori dell'adolescenza incipiente, le difficoltà in cui si imbatteva Ottavia, nonostante Giuseppe vedesse obiettivamente poco i figli e fosse con loro di una cortesia distante, pur dimostrando una pazienza a tutta prova, nonostante, insomma, gli affetti familiari fossero il regno di Ottavia e il lavoro l'unica passione di Giuseppe, quel loro equilibrio non era una scelta, ma un'evidenza, un modo di essere che in niente rimetteva in discussione l'amore che provava per Zeno e Daniele. E tuttavia, in quel momento di urgenza, Giuseppe sentì che stava fuggendo, che era impreparato, insufficiente ad affrontare il dolore dei suoi cari, che le mani avrebbero saputo operare e curare e magari consolare, laddove il cuore annaspava a vuoto.

Poi la sirena di un'ambulanza trafisse i suoi pensieri, penetrò in ogni interstizio, e subito una seconda la seguì e una terza prese il posto della prima, che si era zittita davanti alla porta spalancata del pronto soccorso.

«Cosa stiamo aspettando? C'è molto da fare qui, rimettiamoci al lavoro!» gridò Giuseppe, e si mise a correre verso la sala operatoria senza più pensare ad altro.

21

Nella pineta il fumo si faceva sempre più denso, toglieva l'aria, soffocava la luce, scendeva lento e pesante verso terra. Il tempo sembrava essersi fermato e si espandeva in direzioni sconosciute, rifiutando di riprendere il suo corso normale, là dove finalmente sarebbe accaduto qualcosa per mettere fine a quell'inferno. I tronchi più lunghi cominciavano a cedere alla violenza delle fiamme, crollavano verso il suolo e, rallentati nella loro corsa dagli alberi più bassi, si fermavano talvolta di traverso in posizioni precarie e minacciose.

Alvise aveva perso del tutto l'orientamento e quella pineta, nella quale mille volte era entrato senza mai temere di perdersi e, anzi, animato dalla voglia di scoprirne angoli inesplorati, si era trasformata in un luogo ostile ed estraneo del quale non riconosceva più nulla.

Steso a terra, il respiro corto, i sensi intorpiditi dal dolore e dalla paura, credette di udire voci di uomini provenire da lontano, dai margini della pineta e oltre. Ma i suoni erano confusi e poco più forti degli scricchiolii che gli alberi producevano soccombendo al fuoco. Per ascoltare meglio smise di respirare e quando le grida dei soccorritori gli arrivarono nitide, sebbene sembrassero ancora lontanissime, sollevò il busto per farsi notare. Un accesso improvviso di tosse ravvivò il dolore terribile che gli attanagliava la gamba.

«Aiuto! Aiuto!» riuscì a gridare.

Alvise non riconobbe la propria voce, così flebile e incerta che nessuno, neanche a pochi metri di distanza, avrebbe potuto sentirlo.

Ruotò il busto e con uno sforzo furioso si rimise carponi, portando tutto il peso sulla gamba sana e lasciando l'altra al suo dolore. Avanzò con le mani, poi si portò in avanti con il busto, poi con il ginocchio sinistro, infine trascinò la gamba destra e riuscì, in una postura contorta e innaturale, a tratti cedendo sui gomiti e cadendo bocconi con il viso in avanti, a percorrere qualche metro in direzione delle voci dei soccorritori che stavano cercando a fatica di entrare nella pineta sia dalla parte della spiaggia che dalla strada.

Fu allora che vide il corpo riverso di Zeno, il petto sporco di sangue, il viso cereo voltato verso di lui, con gli occhi chiusi, le labbra aride, i capelli impastati di terra, una mano appoggiata sull'addome devastato, l'altra al petto in cui stringeva la scarpa di Daniele.

«Zeno! Zeno!» chiamò Alvise.

Tendendo in avanti tutto il corpo, continuando a gridare il suo nome con disperazione, rubando un metro dopo l'altro al dolore che gli lacerava la gamba, Alvise riuscì a raggiungerlo.

«Zeno! Zeno!» disse appena più piano.

Poi, tentando di ignorare il ventre straziato dell'amico, la mano scura di sangue appoggiata in un gesto di inutile protezione sulla carne massacrata, gli toccò la spalla timidamente e poi sempre più forte, fino a scuoterne tutto il corpo in un isterico tentativo di riportarlo in sé. Zeno aprì piano gli occhi e dopo alcuni secondi, trovandosi a pochi centimetri da Alvise, il suo viso si illuminò di un sorriso di sollievo.

«Zeno» sussurrò Alvise, «dobbiamo uscire da qui.»

Zeno non rispose, mosse appena la testa, poi richiuse lentamente le palpebre soccombendo al torpore.

«Dai, Zeno. Dobbiamo andare via di qua» insistette Alvise. «Dai, ti aiuto io.»

«Alvise…» disse Zeno in un soffio, ma senza riuscire a catturarne lo sguardo in allerta, che roteava intorno come quello di un animale braccato.

Alvise si abbassò fino quasi a sfiorare la terra calda con la guancia, infilò il braccio sinistro sotto le spalle di Zeno e facendosi forza tentò di sollevarne il busto; poi, senza lasciarlo andare, si alzò sul ginocchio sano, tentando di caricarsi addosso il corpo inerte dell'amico.

«Spingiti con le gambe, dai, ti tengo io!» gli disse.

A denti stretti Alvise teneva a malapena l'equilibrio e sentiva la gamba diventare un ammasso pesante di dolore. Zeno tentò di tirare a sé un piede e poi l'altro ma, completamente privo di forze, emise un rantolo spaventoso e rotolò via malamente, sfuggendo all'abbraccio disperato di Alvise.

«Zeno! Zeno!» riprese a urlare Alvise, ma Zeno era incapace di rispondere, caduto con la bocca aperta sul tappeto di aghi, il volto sfigurato dal dolore.

Alvise si inginocchiò di nuovo accanto a lui e con infinita precauzione lo girò sulla schiena.

«Dai, Zeno!»

Si chinò verso di lui e lo tirò un po' più a sé, stringendolo e cullandolo tra le braccia come faceva sua madre quando era piccolo e aveva fatto un brutto sogno. Oscillava con il busto e continuava a chiamarlo perché non si addormentasse, ma in quella nenia triste non c'era consolazione e sfumava anche la speranza. Esausto per lo sforzo e sentendosi abbandonato, Alvise cominciò a piangere in silenzio, mentre un tetto sempre più basso di fumo si addensava su di loro.

Il respiro di Zeno si faceva sempre più lieve mentre teneva stretta nella mano la scarpa di Daniele dalla quale usciva, come un dettaglio di straniante normalità, il bordo del calzino a righe.

«Daniele...» disse piano Zeno, muovendo un poco la scarpetta.

«Daniele, sì» fece Alvise riprendendosi, «e Sergio, Bruno, Lorenzo... Li troveremo tutti.»

Un accesso di tosse gli soffocò le parole in gola e, scuotendolo, scosse anche Zeno che emise un grido sordo di dolore. Le fiamme si aprivano varchi repentini e minacciosi attraverso il fumo compatto e la pineta scricchiolava paurosamente, come un vascello in mezzo alla tempesta.

«Guarda là!» riuscì a dire Alvise. «Da quella parte possiamo ancora passare, il fumo è meno denso e se restiamo bassi non ci prenderà.»

«Scusa...» rantolò Zeno. «Scusa, io non...»

«Ma sì che ce la fai» lo interruppe Alvise, «sì che ce la fai. Dai, ti aiuto io.»

E cominciò a raddrizzargli il busto per cercare di alzarsi a sua volta. Una fitta lancinante alla gamba ferita lo bloccò e lo lasciò per un attimo senza fiato. Quando si riprese, Alvise ritentò la manovra, mescolando parole e lacrime.

«Non lo pensavo davvero quando ho detto che sei un vigliacco, eh! Lo so che non sei un vigliacco. Eccome se lo so! Lo dicevo solo per farti dispetto. Ma adesso fammelo vedere. Dai, fammi vedere che ho ragione io anche questa volta!»

Alvise tentò di sorridere ma fu invaso dalla paura quando vide Zeno chiudere gli occhi.

«La gara... Io non volevo...» sussurrò Zeno.

«Ma chi se ne frega della gara!» urlò quasi Alvise in lacrime. «Non ce ne frega niente, giusto? Siamo amici e basta!»

«Siamo amici» sussurrò Zeno improvvisamente placato e sui tratti del viso, che iniziavano a distendersi, affiorò un sorriso lieve.

«Dai, su, ora andiamo» lo scosse piano Alvise.

«Vai tu... Vai tu...»

«No! Io non ti lascio qui! Tu sei il mio amico. O andiamo insieme o non va nessuno.»

«No, vai tu... Scappa...»

«Ti aiuto io, dai» e Alvise tentò nuovamente di raddrizzare il busto di Zeno che si faceva ogni secondo più pesante, ma la gamba ferita era un peso morto ingovernabile e dolorosissimo che lo fece vacillare e poi ricadere a terra.

Zeno, con gli occhi socchiusi e la bocca spalancata, cercava di ghermire un po' di ossigeno nell'aria asfittica, ma il suo corpo mancava di forze e si lasciava cadere con un tale abbandono che Alvise penava a tenerlo tra le braccia. Tentò di calmare i singhiozzi che gli accorciavano il respiro, e gli sembrò che le voci degli uomini, così chiare fino a un attimo prima, fossero scomparse, inghiottite nella combustione della pineta. Allora, sentendolo scivolare via, si aggrappò a Zeno, lo strinse a sé e cedette a un pianto dirotto che lo ammutolì.

«Tieni, prendila tu» disse Zeno in un mormorio, tendendo ad Alvise la scarpa di Daniele.

«La tengo io, sì, la tengo io. Finché non troviamo Daniele» disse Alvise piangendo. «E glielo diciamo, eh, che lo abbiamo cercato dappertutto. Che non eravamo lontani. E che anche noi abbiamo avuto paura.»

Zeno sorrideva lievemente e le palpebre si chiudevano piano.

«Zeno! Zeno!» lo chiamò ancora Alvise. «Glielo dico, glielo dico io. Tu non preoccuparti. Lo sai che lo trovo. Lo trovo e glielo dico. Te lo prometto.»

Gli occhi di Zeno si chiusero come se il sonno lo avesse infine rapito, come se più niente gli importasse, come se tutto ormai potesse aspettare oppure continuare senza di lui.

Alvise lo scosse piano, lievemente, mentre teneva la scarpa di Daniele in mano, quasi fosse l'ultimo appiglio alla vita ancora disponibile. Lui la morte non l'aveva mai vista da vicino e ai suoi occhi di bambino la vita era eterna. Sapeva di poter prendere colpi e perdonare tradimenti, perdere gare e pretendere rivincite. Sapeva che il mare era meno freddo quando si battono forte le gambe e che quando respirava con il naso correva più a lungo. Sapeva che per spegnere i fuochi piccoli bastava soffocarli e che bisognava scegliere la pialla giusta per non rovinare il legno per sempre. Sapeva che aveva fatto piangere la madre un'altra volta, di sicuro, ma sapeva anche che il padre, di sicuro, lo stava cercando. Alvise sapeva tutte le cose che componevano la vita, ma della morte non sapeva nulla.

Si curvò un po' di più su Zeno e raccolse le braccia dell'amico sull'addome atrocemente ferito. Poi si lasciò scivolare sul fianco stendendosi accanto a lui e rimase immobile, stremato dal dolore, la scarpa di Daniele stretta in mano come un amuleto. Intorno a loro, quasi ruggendo, la pineta impazziva in preda al fuoco e si curvava minacciosa.

Tutto sembrava perduto.

22

«Di qua! Di qua!»

«Qui ce ne sono due!»

Alvise sentì le voci avvicinarsi, vide delle ombre muoversi attraverso il velo che gli annebbiava la vista, ma non riuscì a chiamare né a muoversi.

«Mio Dio!» disse un uomo ormai giunto al suo fianco.

Improvvisamente Alvise sentì mancare il contatto con il corpo di Zeno e con un gesto disperato della mano tentò di trattenerlo a sé.

«No! No! Zeno!» tentò di protestare Alvise, ma Zeno si allontanava irrimediabilmente, lasciando un senso vertiginoso di vuoto e di sconfitta.

Alvise sentì che qualcuno gli si avvicinava e lo sollevava da terra, prendendolo da sotto le braccia e appoggiandolo sulle proprie spalle. Poi, alzandosi, lo teneva saldamente e lo stringeva a sé, mentre pronunciava parole incomprensibili ma che avevano il suono amico della consolazione.

Stremato, Alvise si abbandonò al suo soccorritore. Oscillava riverso sulle sue spalle, la gamba divorata dal dolore, le braccia a penzoloni che si muovevano al ritmo affannato della fuga. Teneva stretta in mano la scarpa di Daniele, con la forza disperata che accompagna sempre la spinta alla sopravvivenza.

Usciti dalla pineta, Alvise fu investito da una ventata d'aria e la luce improvvisa del sole gli fece stringere gli occhi. Un sussulto nella corsa si riverberò fino alla gamba ferita provocando una fitta di dolore così intensa da togliergli il fiato. L'ultima cosa che vide, prima di perdere i sensi, fu il calzino a righe bianche e rosse che faceva capolino dalla scarpa di Daniele.

In ospedale la frenesia dei soccorsi non lasciava spazio allo scoraggiamento. Ambulanze e carri improvvisati andavano e venivano senza sosta, i portantini e tutti i soccorritori che si erano aggiunti spontaneamente accompagnavano i feriti con ogni mezzo, distesi su barelle, lenzuola o teli di fortuna, oppure caricati a spalla o portati in braccio, mentre infermiere e medici si affrettavano da un paziente all'altro perché tutti fossero accolti e curati secondo necessità.

Vedendolo arrivare sulla barella, un'infermiera si avvicinò subito ad Alvise e cominciò a pulirlo in attesa che un medico lo visitasse per stabilire la gravità delle ferite. Gli passò un panno umido sulla fronte, poi sulle guance e sul collo, infine scese lungo le braccia. Solo allora Alvise si risvegliò.

«No! No!» gridò mentre l'infermiera tentava di togliergli dalla mano la scarpa di Daniele.

«Stai tranquillo» disse lei. «Adesso sei in ospedale. Sei al sicuro. I dottori si occuperanno di te.»

Poi, lentamente, accarezzandogli la mano, riuscì ad allentare la stretta disperata di Alvise e a prendere la scarpa.

«È di Daniele» disse Alvise frastornato. «È il fratello del mio migliore amico.»

«Va bene, gliela teniamo qui per quando arriva» disse l'infermiera con tono pacato.

«No, no» riprese ad agitarsi Alvise. «Daniele è ancora nella pineta... Bisogna andare a cercarlo... È ancora lì.»

«Nella pineta» disse l'infermiera in un sospiro, ma Alvise non poté capire la tristezza con cui lo diceva.

«Sì, nella pineta. Ci sono anche Sergio, Bruno e Lorenzo...» Un accesso violento di tosse bloccò Alvise e il dolore alla gamba lo trafisse di nuovo.

«Adesso stai tranquillo» tentò di calmarlo l'infermiera. «Li troveranno.»

«No, no» insistette Alvise. «L'ho promesso a Zeno che li cercavamo insieme. Gliel'ho promesso...»

«Va bene» ripeté l'infermiera.

«E Zeno?» chiese Alvise improvvisamente allarmato. «Dov'è Zeno? È qui anche lui? Era proprio vicino a me. Eravamo insieme.»

«Sì, è arrivato qui con te. Non ti preoccupare» disse l'infermiera, appoggiandogli la mano fresca sulla fronte.

Alvise sorrise e respirò a fondo per il sollievo di quella notizia.

«Abbiamo fatto pace. Noi siamo amici. Siamo sempre stati amici.»

L'infermiera continuò ad affaccendarsi intorno a lui e dopo aver lavato le braccia e il petto cominciò a pulire delicatamente la gamba ferita.

«Non importa se lui andrà alle medie e io no» riprese Alvise. «Noi siamo amici lo stesso.»

«Certo» disse piano l'infermiera. «Gli amici veri sono amici per sempre.» Poi si voltò dall'altra parte, incapace di sostenere il suo sguardo.

«Ma dov'è Zeno?» Alvise ricominciò ad agitarsi, voltandosi a destra e a sinistra in cerca dell'amico e tentando di mettersi seduto. «Ditegli che ho la scarpa di Daniele. Glielo dite, eh, che ce l'ho io? Appena lo trovo gliela do. Ma dov'è Zeno?»

L'infermiera lo trattenne per le spalle, ma il dolore lancinante alla gamba con una sferzata svuotò Alvise di tutta la sua forza, facendolo accasciare svenuto sul lettino.

Intanto, entrando in sala operatoria, suor Paola spiò i movimenti di Giuseppe con apprensione, lo vide concentrato sul paziente e si assicurò con uno sguardo severo che l'infermiera al suo fianco gli asciugasse tempestivamente la fronte. Nel frattempo, osservava l'andirivieni terribile oltre la porta pesante, che solo a fatica riusciva a contenere il dramma che si era abbattuto sull'ospedale e sulla città intera, la cui portata aumentava inesorabilmente di ora in ora.

«Bisognerà sorvegliare con grandissima attenzione la ferita» disse Giuseppe al dottor Mattei che gli faceva da assistente, suturando il braccio del bambino addormentato sul lettino. «La necessità di amputare non è esclusa.»

«Dottor Frattini?»

La voce della caposala si alzò timida alle sue spalle.

«Sì, suor Paola» rispose Giuseppe senza fermare il suo minuzioso armeggiare, «qui abbiamo finito. Preparate la sala per il prossimo intervento.»

«Sì, ma...» rispose ancora più piano la suora.

«Prima i bambini, mi raccomando» continuò Giuseppe.

«Sì, ma... Dottore...» Sapendo di non avere a disposizione che una manciata di secondi per distruggere per sempre la vita di quell'uomo buono, suor Paola si fece coraggio e si buttò: «Abbiamo notizie di Zeno e di Daniele» disse tutto d'un fiato.

Le mani di Giuseppe si fermarono e il dottor Mattei, dopo aver fissato il volto di suor Paola, si sostituì a lui senza chiedere l'autorizzazione. Giuseppe fece un passo indietro, si allontanò dal tavolo operatorio e finalmente si voltò verso di lei.

Suor Paola, in un gesto di intimità insolito che in nessun'altra circostanza si sarebbe permessa, gli appoggiò la mano sul gomito e lo spinse dolcemente in un angolo appartato e in penombra della sala.

«Dottor Frattini» cominciò suor Paola prendendo un gran respiro, «il Signore ha deciso così. Per noi uomini i suoi disegni sono spesso incomprensibili.» La suora annaspava, poi si tuffò in apnea. «Il Signore ha ripreso Zeno con sé. Il corpo senza vita di suo figlio è stato ritrovato nella pineta. Per lui purtroppo le nostre deboli mani non hanno potuto fare niente.»

Giuseppe la guardava come inebetito, spogliando la frase di ogni parola superflua per conservare, come una lama affilatissima che gli lacerava il cuore, solo quella manciata di parole: "il corpo senza vita di suo figlio".

«E Daniele?» chiese infine, senza riconoscere la propria voce nel rantolo sofferente che gli era salito in gola.

«Di Daniele è stata trovata una scarpa, un calzino...» rispose suor Paola quasi soffocando, «e nient'altro. Per ora non ci è dato di sapere di più. Siamo nelle mani del Signore.»

Giuseppe si appoggiò alla parete dietro di lui poi, come se le forze lo abbandonassero in massa, si lasciò scivolare a terra pesantemente e restò là, accasciato e intontito.

«Dottor Frattini?» lo chiamò suor Paola con tono allarmato, e subito accorsero accanto a lei due infermiere che lo assistevano durante l'operazione.

«Dottor Frattini!» dissero all'unisono, esitanti davanti al corpo inerme del dottore, che in niente assomigliava all'uomo dal portamento elegante e composto che avevano imparato a conoscere, al medico infaticabile che arrivava prima di tutti e se ne andava a sera inoltrata.

Suor Paola si accovacciò al suo fianco e ancora una volta osò appoggiargli la mano sulla spalla in un gesto impossibile di consolazione. Il crollo del dottor Frattini sembrava di per sé un cataclisma, lui, sempre così calmo e padrone di sé, sempre intriso di una discrezione modesta, alla quale derogava solo per parlare con orgoglio dei figli e di quella moglie che si prendeva così bene carico della famiglia. Ma quei momenti erano rari e si concludevano sempre con un gesto sbrigativo della mano e con quel solito "c'è molto da fare qui, rimettiamoci al lavoro", laconico e definitivo. Una volta si era perfino preso la briga di spiegare a suor Paola il senso di quel suo intercalare, dicendole che nessun paziente entrava in ospedale per ascoltare le loro storie di vita ordinaria e che, anzi, pensavano alla propria, di vita, quella che avevano lasciato fuori. Per questo tutti loro, medici e infermiere, fintanto che erano in salute, dovevano lavorare senza risparmiarsi, proprio per fare in modo che i pazienti tornassero al più presto ad assaporare le gioie piccole e grandi della vita.

«Dottor Frattini» sussurrò suor Paola, «forse è meglio che vada a casa.»

La caposala non osava tuttavia nominare Ottavia, non sapendo dove quella tragedia l'avesse portata, cosa sperare o cosa ogni parola avrebbe potuto lasciare intendere.

«A casa?» disse il dottor Frattini con sincero stupore.

Suor Paola non seppe rispondere, perché le parole che abitualmente si scambiavano sembravano ormai prive di senso. E restarono lì, accucciati entrambi nell'angolo più buio della sala operatoria, immobili eppure presi da una nauseante sensazione di vertigine, a pochi centimetri l'uno dall'altra. E tutto, intorno a loro, era irrimediabilmente diverso.

«Dottore, su, venga» disse infine una delle infermiere, prendendogli il braccio con quel piglio deciso e rassicurante con cui aiutava i pazienti a rialzarsi dopo tanti giorni passati a letto.

«No» fece lui, alzando la mano con sorprendente prontezza, e poi aiutandosi con l'altra per rimettersi in piedi.

Quindi, senza voltarsi a guardare suor Paola, si avvicinò con passo di nuovo fermo al tavolo operatorio e si sporse in avanti, senza toccare nulla, per esaminare il lavoro di sutura del dottor Mattei.

«Rimettiamoci al lavoro» disse a mezza voce. Poi, intuendo l'apprensione delle infermiere, lo sguardo confuso dell'assistente, la presenza immobile di suor Paola alle sue spalle, si raddrizzò e ripeté ad alta voce: «A lavorare! Tutti! C'è molto da fare qui, rimettiamoci al lavoro!»

E sembrava che quelle dolorosissime esortazioni fossero rivolte più a sé stesso che agli altri, e che sarebbe bastato un soffio lievissimo di vento, una brezza, come quella che attraversava la pineta in quelle serate già corte di fine estate, per trasformare il dottor Frattini in un pugno di polvere.

Ma questo non successe. Giuseppe restò saldo davanti al tavolo operatorio, chiese all'anestesista i parametri del bambino appena operato e poi ordinò che lo si portasse nella sala di risveglio.

«Al lavoro, suor Paola, su!» aggiunse quindi in un sospiro alla suora che non si decideva a uscire dalla stanza ed era rimasta immobile alle sue spalle.

Suor Paola annuì seria, quindi, senza riuscire ad aggiungere altro, con la schiena curva e la fronte calda, indietreggiò e infine spinse la porta di metallo con tutto il peso del proprio corpo, immergendosi di nuovo nella frenesia di quel pomeriggio caldo di agosto.

23

La brezza della sera si alzò ad alleviare il caldo prepotente della giornata, ma niente poteva fare per consolare la città della catastrofe che l'aveva sfigurata.

Davanti all'ospedale la folla non scemava, e una tenda da campo, in tutto e per tutto simile a quelle in servizio nelle zone di guerra, era stata alzata per accogliere le persone solo lievemente ferite che aspettavano sedute in fila su un muretto lungo e basso che – dicevano alcuni – sembrava fatto apposta.

C'era sui volti l'immobilità della morte, uno stupore colpevole di essere in vita, quando tanti non lo erano più. Correva tra le persone un mormorio sofferente, un'incessante narrazione che cercava invano di trovare le ragioni per cui la vita avesse risparmiato proprio loro.

«Sarebbe bastato un metro in più.»

«Io ero in ritardo!»

«Noi ce ne stavamo andando…»

Con il volto graffiato, o un braccio al collo in fasciature di fortuna, o le ginocchia sbucciate sotto gli abiti strappati, ciascuno diceva la sua, e tutti ripetevano increduli cosa era successo e cosa, invece, sarebbe potuto succedere. E tra la realtà e le ipotesi si apriva un baratro di inutili e irrisolvibili domande.

Accanto ai feriti lievi si formava una fila più lunga e agitata di persone incolumi, che tenevano in mano fotografie in bianco e nero, spesso ancora nelle loro cornici, rubate ai mobili scuri dei salotti, ai comò delle stanze da letto, alle pareti ingiallite delle sale da pranzo, dove restava ormai solo una sagoma più chiara, simbolo funesto di un'assenza. La fila continuava anche dentro l'ospedale, nel calore che ristagnava dal pomeriggio, mescolandosi all'odore forte del disinfettante e della polvere che, rimescolata da quella folla inconsueta, danzava nell'aria con la stessa agitazione.

In fondo all'atrio, dietro a una barricata di tavoli scuri, due donne compilavano liste di nomi, trascrivevano descrizioni fornite tra lacrime e singhiozzi, consultavano altre liste, altre descrizioni, e il più delle volte scuotevano la testa impotenti. Eppure, tra le persone in fila sopravviveva ancora la speranza, un'intercapedine che permetteva di respirare, la strenua convinzione che avrebbero ritrovato i loro cari. Ed erano disposti a immaginarli nelle peggiori condizioni, si dicevano pronti ad affrontare lunghi mesi di convalescenza al loro capezzale, a rinunciare alla normalità come l'avevano conosciuta fino a quel momento, a dare perfino la propria vita purché quella del figlio fosse risparmiata.

La speranza di tutta quella gente si dibatteva per non morire, a dispetto della sala che si svuotava di luce, delle cicale che tacevano e dei grilli che ricominciavano a cantare nei cespugli scuri della notte. Perché nessuno, tra quelle persone, si capacitava di poter davvero essere vittima di quell'orrore. E a poco serviva che la brutalità della scena che i soccorritori avevano trovato sulla spiaggia fosse di dominio pubblico, che le bare dei morti si affastellassero nella sala fredda dell'obitorio, che corresse voce che alcuni corpi fossero così atrocemente mutilati da non poter essere identificati, e che esistessero, lontane dagli occhi di tutti, casse che contenevano i resti umani sottratti a fatica alla voracità dei gabbiani. A poco serviva l'evidenza icastica della tragedia, perché la speranza restava in vita anche se la fiammella era tanto più debole quanto più violente erano le raffiche di vento.

Le luci dell'ospedale si accesero a una a una, e il palazzo si stagliò nella notte come un piroscafo enorme, capace di sfidare le onde alte del mare per proteggere i suoi passeggeri. Ogni corsia, ogni corridoio, ogni sala operatoria era un andirivieni concitato, che tuttavia non produceva quasi alcun rumore, se non un mormorio grave, e i flebili lamenti di alcuni pazienti che nemmeno la morfina aiutava.

Il mattino seguente la folla davanti all'edificio si era dissolta, disseminata in capannelli che ora si radunavano ora si scioglievano all'arrivo di un nome o di una notizia. Gli uomini tenevano il giornale arrotolato nella tasca, il titolo in prima pagina grande e nero come una fascia portata a lutto, eppure, nonostante l'orrore che quegli articoli raccontavano, tutti continuavano a sperare. Vedevano uscire da una porta laterale madri affrante, padri allo sbando, vecchi curvi sotto il peso della vita che si accaniva trattenendoli a sé: vedevano, eppure ancora speravano che qualcosa li avrebbe tratti in salvo.

Sebastiano e Rita, tenendosi per mano, erano seduti accanto al letto di Alvise, in attesa che si risvegliasse. C'erano con lui altri cinque ragazzini e tutti dormivano di un sonno a volte profondissimo, per la stanchezza, l'anestesia o le medicine.

Accanto a uno di loro piangeva piano una donna a cui il medico aveva annunciato la cecità certa del figlio, che si aggiungeva ai danni cerebrali sulla cui risoluzione, invece, si riservava di pronunciarsi in seguito.

Ma per tutti quello che un tempo sembrava grave, ora era diventato accettabile, e una graduatoria prima inimmaginabile decretava nuove categorie del dolore, alcune delle quali avevano un'inattesa sfumatura di salvezza, spostando la soglia del sopportabile sempre un po' più in là.

Il giorno prima Rita e Sebastiano avevano attraversato gli stessi infernali gironi delle persone che si accalcavano ancora davanti all'ospedale, ma in realtà, se avevano trovato subito Alvise, era stato solo perché a portarlo fuori dalla pineta era stato uno dei clienti della falegnameria, che lo conosceva. Giunti di corsa in ospedale, dopo averlo cercato per interminabili minuti, camminando cauti attraverso i corridoi e spiando dentro ogni stanza con un misto di impazienza e timore, infine l'avevano trovato proprio all'uscita della sala operatoria, ancora addormentato e con la gamba fasciata, e gli si erano buttati addosso piangendo.

«Sta bene, sta bene» li aveva rassicurati il portantino, mentre spingeva la lettiga verso il reparto.

Poi li aveva lasciati nella stanza, dove Rita si era subito seduta accanto al figlio, decisa a non alzarsi finché lui non si fosse risvegliato.

«Tornate domani» aveva detto loro una suora quando ormai le ombre della sera avevano invaso i corridoi dell'ospedale.

Ma Rita aveva rifiutato di andarsene e aveva passato la notte seduta accanto al letto di Alvise, tenendogli stretta la mano, con il prendisole che sapeva ancora del profumo salmastro della spiaggia, la testa vuota, incapace di dare forma a un pensiero, di dire una parola. Tutto quello che l'aveva preoccupata fino ad allora le sembrava di un'indecente futilità e penava a intravedere un modo di farsi strada verso il futuro.

«Una brutta frattura scomposta e una lacerazione dei tessuti» disse loro il medico quella mattina, asciugandosi la fronte con un fazzoletto. «Probabilmente resteranno delle tracce.»

«Quali tracce?» chiese Sebastiano, abbassando istintivamente la voce, non perché temesse che gli altri udissero le miserie di cui si stava riempiendo la loro vita, ma perché era certo che per molti quelle miserie sarebbero state una benedizione, e perché provava una confusa vergogna a essere tanto più fortunato di altri e soffrire comunque.

«Camminerà» disse prontamente il medico.

Le spalle di Sebastiano cedettero in un impercettibile moto di sollievo.

«È vivo e camminerà» ripeté lentamente Rita.

«Ma è possibile che zoppichi» aggiunse quindi il medico aprendo le braccia in un gesto di impotenza.

«Ma è vivo e camminerà» disse di nuovo Rita.

Sebastiano si chinò su di lei e la baciò sulla fronte sudata. Il medico si allontanò lasciandoli muti al capezzale di Alvise, ancora addormentato.

La luce del giorno entrò nella stanza illuminando ogni cosa e portando via il torpore della notte. Quando Alvise aprì gli occhi, la prima cosa che vide fu la madre, poi il padre, ed entrambi che gli sorridevano e piangevano. E pianse anche lui, prima piano, poi a dirotto. Per lunghissimi minuti nessuno pronunciò una sola parola, travolti da un'emozione che non sapevano di poter provare e alla quale temevano di non riuscire a sopravvivere. Rita strinse il figlio a sé, in un gesto di affetto disperato, tanto diverso dalla tensione che li aveva tenuti distanti in quelle ultime settimane. E in quell'abbraccio Rita perdonava tutto e dimenticava tutto, abbandonandosi a un amore primitivo che pareva essersi risvegliato dentro di lei dopo essere stato dato per scontato troppo a lungo.

«E Nicolò?» chiese infine Alvise.

«È con la zia Mirella» rispose svelta Rita.

Poi un silenzio pesante scese tra di loro, perché troppa

morte li abitava e ciascuno si dibatteva tra la volontà di chiedere e la paura di sapere.

Alvise non sapeva come chiedere di Zeno, se era vivo o morto, perché lo aveva capito là, nella pineta, che era messo proprio male, con il ventre squarciato e il corpo sempre più freddo, ma forse lo aveva solo sognato, perché in fondo una scena così era troppo assurda per essere vera. E poi lui era lì a proteggerlo, lo teneva tra le braccia, e un amico non può mica morirti tra le braccia.

Rita, dal canto suo, non poteva confessare che della zia Franca non era rimasto nulla che potessero seppellire perché, mentre Mirella si era allontanata con il ragazzo con cui aveva civettato tutto il giorno, Franca era rimasta ad aspettare Alvise proprio seduta sui fusti, quelli che erano esplosi polverizzandola.

«Bisogna che qualcuno resti qui, ad aspettare Alvise» le aveva ordinato Mirella. «E tu non hai niente di meglio da fare» aveva aggiunto in fretta e furia con una cattiveria gratuita.

«E Franca non ha neanche protestato!» aveva raccontato Mirella, ripetendo quella frase mille volte, incapace di darsi pace. «Mi ha detto di non preoccuparmi per Alvise, che ad Alvise ci pensava lei, ma che io avrei fatto meglio a preoccuparmi di me stessa, perché ci vuole un po' di sale in zucca anche quando si ha fretta di trovarsi un marito.»

Ora, accanto al letto del figlio ritrovato, Rita piangeva il destino delle sue sorelle, di Franca ma anche di Mirella; l'una perché era morta innocente, l'altra perché non sarebbe mai più stata la stessa.

Perché la vita può sconquassare tutto e trasformare le persone a tal punto da cancellare quello che erano, facendo scomparire il passato e agendo così, in tutto e per tutto, come la morte.

«Adesso andiamo a casa» le sussurrò Sebastiano dolcemente, risvegliandola dai suoi pensieri. «Nicolò ci aspetta.»

Rita annuì. Salutarono Alvise e insieme uscirono dall'ospedale, camminando con lo sguardo basso tra la gente, cercando di farsi scudo dalla sofferenza altrui, dall'indifferenza del cielo, dal caldo del meriggio incipiente che accorciava le ombre ma allungava le attese, che raccontava il passare del tempo e sprofondava i sopravvissuti e i parenti nei tormenti di una nuova giornata di dolore.

Li superò Giuseppe, lo sguardo assente, il volto impastato di fatica e dolore. Indossava una giacca troppo pesante ma accuratamente abbottonata e camminava lentamente con le mani ficcate nelle tasche grandi, il busto leggermente proteso in avanti e le spalle basse, come caricate di un peso indicibile.

Sebastiano aprì la bocca ma non riuscì a dire niente, perché qualcosa nella postura di Giuseppe glielo impediva: una barriera invisibile, eppure invalicabile, che lo isolava dal mondo circostante, confinandolo in una dimensione diversa, dove la disperazione era silenziosa, la spossatezza grave e piena, come il lavoro che l'aveva generata.

Sebastiano guardò Rita e vide sul volto della moglie un'espressione tristissima che non aveva più niente in comune con il vago risentimento che in passato assumeva sempre, per partito preso, verso i più abbienti, per posizione sociale e mezzi economici. Avevano saputo di Zeno e Daniele, allora doveva di certo sapere anche lui – pensarono entrambi – e nessuna parola sembrò loro adeguata, nessun saluto, nessun convenevole che mimasse un quotidiano ormai infranto.

«Dottor Frattini!» lo chiamò da lontano una donna, ma lui non si voltò.

«Lo lasci andare, la prego» disse un'infermiera avvicinandosi alla donna e trattenendola per un braccio. «Il dottor Frattini ha operato tutto il giorno e tutta la notte, senza dormire, senza mangiare, bevendo appena.»

«Ma i miei figli sono feriti» protestò la donna. «Siamo qui da ieri e nessuno ancora li ha medicati.»

«I figli del dottore sono morti» rispose l'infermiera senza acrimonia.

La donna tornò sui suoi passi e strinse a sé i due ragazzini seduti sul muretto.

«Aspettiamo ancora un po'» sussurrò loro.

24

Sebastiano, Rita e Nicolò uscirono di casa che era mattina presto. Camminavano silenziosi lungo lo stradone, Rita e Nicolò davanti, Sebastiano qualche passo indietro. L'aria era ancora fresca e l'umidità della notte si attardava, carica del sentore dei cipressi e di quello più vago di salmastro che saliva dalla costa.

Dopo tre giorni dall'esplosione, quella mattina erano previsti i funerali cittadini per tutte le vittime. Rita avrebbe voluto andare prima da Alvise, ma Sebastiano aveva obiettato che a quell'ora le visite non erano permesse e lei non aveva insistito. In fondo non avrebbe saputo cosa dire al figlio, che fino alla sera prima li aveva supplicati di lasciarlo partecipare almeno alla messa, che aveva pianto e gridato come non era mai successo prima, e poi si era addormentato stremato per risvegliarsi apatico e assente poche ore dopo.

Lorenzo e Sergio erano rimasti feriti, ma entrambi con ustioni così importanti che avrebbero dovuto restare ricoverati per mesi. Il corpo di Bruno, orrendamente mutilato, era stato trovato dal padre che faceva parte del gruppo dei soccorritori. La madre, rimasta miracolosamente incolume, aveva visto sulla spiaggia un gabbiano attaccare il corpo inerme della figlia e poche ore dopo, quando aveva saputo anche di Bruno, si era tolta la vita.

Rita non sapeva come spiegare ad Alvise cosa significasse per lei andare a seppellire i figli degli altri e intanto ringraziare Dio di aver risparmiato i propri. Non poteva confessargli il sentimento di inadeguatezza che la abitava davanti alla prova che tutti loro stavano attraversando. Non trovava parole e spiegazioni, perché non capiva come proprio quel Dio che lei pregava con tanto fervore avesse permesso quello scempio. Neanche in tempo di guerra aveva visto la morte sparare a raffica in quel modo su un mucchio di innocenti, polverizzandoli, mutilandoli, bruciandoli vivi.

Alvise le appariva inconsolabile, straziato dal dolore per la perdita degli amici e dal senso di colpa di averli condotti nella pineta. Così, quello slancio di ogni madre a risparmiare i dolori ai figli le tornava indietro come uno schiaffo che la puniva della sola idea che il suo amore potesse rendere quel macigno un grammo più leggero. Allora si concentrava su Nicolò, cercando di non perdere la pazienza davanti alle sue domande insistenti, spesso insostenibili. Confuso da quello che era successo, il bambino chiedeva dettagli, mimava scene, imitava rumori e poi, subitamente, si perdeva in silenzi compatti e indecifrabili che spaventavano Rita più della sua agitazione.

Nicolò camminava in fretta sull'erba secca del ciglio dello stradone e tirava in avanti la madre. Ogni tanto le lanciava occhiate confuse, o si girava a controllare che il padre fosse ancora là, e apriva la bocca come per chiedere qualcosa, ma subito tornava a guardarsi i piedi e le scarpe appena lucidate e già coperte da un impalpabile strato di polvere.

Rita non oppose resistenza al passo svelto e irrequieto di Nicolò, ma lo tirò bruscamente a sé quando, avvicinandosi all'ospedale, vide sul lato opposto della strada Ottavia e Giuseppe.

Ottavia non dormiva da tre giorni se non si contavano brevissimi momenti di spossatezza che la facevano crollare in uno stato più di incoscienza che di sonno, spazi di abbandono subito abitati da incubi frenetici e paurosi, che la svegliavano di soprassalto per riportarla con violenza a una realtà ancora peggiore.

Quando un militare aveva suonato alla porta di casa per comunicarle la morte dei figli e allo stesso tempo la volontà di Giuseppe di restare in ospedale a operare, Ottavia non aveva detto una parola: aveva annuito appena e non aveva mandato messaggi al marito, non perché capisse la sua scelta o la disapprovasse, ma perché tutto in lei era paralisi e stordimento. I pensieri si muovevano come immersi in un mezzo viscoso, la realtà si sdoppiava e si frammentava, e il suo corpo tutto intero era accaparrato dallo sforzo di soffocare emozioni che altrimenti avrebbero potuto ucciderla sul colpo.

«Se almeno Giuseppe fosse qui» mormorava invece con disappunto Rosalba, mentre preparava per la sorella un brodo leggero, di cui Ottavia beveva appena un sorso.

Ma non le dava retta nemmeno Maurizio, seduto in cucina insieme a lei, con la sigaretta accesa e gli occhi persi nel vuoto.

Quella mattina, però, Ottavia e Giuseppe erano usciti insieme, lei aggrappata al braccio rigido del marito, lui con il viso pallido e la mano sempre pronta a sfiorare il cappello per ricambiare i saluti timidi dei vicini che li guardavano allontanarsi.

Il tempo si era fermato: le saracinesche restavano abbassate, i balconi socchiusi come nelle ore più calde del giorno, le strade animate da uno scalpiccio sempre più fitto, mentre una folla di volti attoniti si ammassava a poco a poco sui marciapiedi stretti del centro in un silenzio innaturale.

Appena lo vide, Monica corse verso Nicolò, gli afferrò la mano e gli si aggrappò. Un sorriso affiorò brevemente sul volto di Nicolò e subito si smorzò, trasformandosi in un'espressione confusa e un poco impaurita. Carlo avanzò con passo pesante verso Sebastiano, che lo prese tra le braccia in una stretta forte e silenziosa alla quale Carlo si abbandonò senza imbarazzo.

Monica guardò il padre allarmata, poi distolse lo sguardo e tirò a sé Nicolò. Alle loro spalle aspettavano decine di bare allineate, sommerse dai fiori, molte piccole e bianche, accecanti nel sole che si alzava nel cielo. La gente si radunava davanti alla chiesa, eppure ognuno aveva l'espressione disperata di chi è solo al mondo e impreparato a esserlo.

Carlo restò aggrappato al braccio di Sebastiano; al suo fianco, Rita singhiozzava piano, tenendo premuto sul viso un fazzoletto già umido che ogni tanto passava sulla nuca sudata.

Davanti a tutti, dritti come soldati sull'attenti, stavano Giuseppe e Ottavia, pallidi. Lui teneva il cappello stretto al petto; lei, che al fianco del marito pareva ancora più alta ed emaciata, lasciava il collo lungo esposto al sole mentre il volto esausto restava nell'ombra del cappellino elegante. Le guance erano asciutte, ma gli occhi cerchiati da un alone così cupo che chiunque leggeva sul suo volto le interminabili ore di pianto di quei giorni.

«Abbiamo già sofferto tanto durante gli anni della guerra» attaccò il vescovo, tenendo le braccia aperte in un gesto di vana accoglienza e cordoglio. «E credevamo che, passato quel periodo infausto, fosse finito il martirio degli innocenti e fossero scongiurate stragi inutili.»

Tutti gli occhi guardavano le bare, i piedi irrequieti rimestavano la ghiaia del sagrato, mentre alcuni ancora arrivavano, e altri invece si allontanavano, nauseati dell'odore dei fiori già sfatti che incombeva su tutto e spossati dal caldo già forte, dalle notti insonni e dal pianto. Una giovane donna, scivolando dalle braccia del marito, si accasciò in silenzio, come un peso morto, su una piccola bara bianca e subito altri accorsero a sostenerla e poi a portarla via, mentre la folla si apriva costernata al suo passaggio.

Un cordone di bambini con gli occhi asciutti e la bocca spalancata stava a pochi metri dalle bare, inebetiti, abbandonati a quello spettacolo da cui i genitori non potevano proteggerli.

Nel suo discorso solenne il vescovo apriva le mani, le univa in preghiera e poi le chiudeva sul volto, o si aggrappava al piccolo pulpito allestito per l'occasione davanti al portone della chiesa, con un gesto pieno di indignazione e impotenza. Alla sua destra stavano le tre file dei cantori del coro cittadino, mentre un folto gruppo di sacerdoti vestiti con paramenti solenni pregava a testa bassa, senza alzare gli occhi sul lutto dei fedeli. Mancava don Gabriele, che, scampato all'esplosione, era morto il giorno dopo di un attacco di cuore o, come avevano detto i parrocchiani affranti, di un dolore troppo grande.

«Non maledite Dio, ma la negligenza degli uomini, la loro imperdonabile leggerezza» esortò il vescovo con vibrante indignazione. «Quanto poco sarebbe bastato per indicare a tutti che quegli esplosivi abbandonati sulla spiaggia erano un pericolo! Sarebbe bastato uno sforzo irrisorio, insignificante, se confrontato oggi con l'opera di immane coraggio di chi, come il dottor Frattini, ha continuato a portare soccorso anche quando la morte aveva straziato la sua stessa famiglia. Così si manifesta il Signore, nella grandezza e nel coraggio degli eroi. Preghiamo.»

Giuseppe non udì le parole del sacerdote, il suo corpo e i sensi che lo tenevano connessi al mondo esterno sembravano non appartenergli più. La mano di Ottavia, aggrappata al suo braccio immobile, era di piombo, come se tutto il dolore della moglie fosse concentrato nelle dita che lo avvinghiavano. Non si erano scambiati nemmeno una parola quella mattina, e non perché non trovassero quelle giuste, ma perché era venuta meno la voglia di cercarle e anche il gesto più minuto sembrava un compito insormontabile in quella casa per sempre silenziosa.

Impotente, Giuseppe pensava che da un momento all'altro Ottavia avrebbe potuto letteralmente dissolversi per il dolore. Poi entrambi, in un movimento quasi sincrono, si accovacciarono e appoggiarono le mani sulla bara di Zeno. Ma anche allora non dissero niente, e Giuseppe si ritrovò a constatare come l'orrore potesse sfigurare anche l'animo più mite, spingendolo a cercare vergognose consolazioni e ad accettare perdite senza nome.

Suo malgrado, scopriva infatti che un genitore poteva provare una forma anomala di gratitudine toccando per l'ultima volta la bara di un figlio quando dell'altro, invece, non gli restava più nulla, se non una scarpa, un calzino, e l'idea insopportabile che qualcosa di lui fosse tra i resti ammassati in una delle casse dall'odore fetido, spinte in fondo al sagrato, all'ombra densa dei cipressi. Scopriva che poteva essere un sollievo e una consolazione piangere sul corpo di un figlio, sapere dove era stato trafitto, usare la più fredda conoscenza scientifica per dedurre se aveva sofferto, se era stata lunga la sua agonia o se si era svuotato gradualmente della vita, come dormendo. Era una consolazione, quando del corpo di un altro figlio, invece, non rimaneva niente, e di lui si potevano immaginare i più terribili dolori, la paura, le grida, il pianto.

Finita la messa, con un lavoro straziante le bare furono caricate sui carri militari. Dopo l'ultima nota del *Requiem* riaffiorarono dalla folla i singhiozzi, le grida appena soffocate e le frasi frammentate, perse per sempre nel magma informe di quei momenti di sofferenza che, come spartiacque altissimo, segnavano il prima e il dopo nel corso della vita di centinaia di persone.

Un corteo lento si mise in movimento, penetrando la città vecchia in direzione del camposanto. Le famiglie che seguivano i feretri non si distinguevano dalla gente che gremiva i marciapiedi e tendeva le mani verso le bare, accontentandosi di sfiorare i drappi ripiegati ai lati dei veicoli, o le spalle curve di una madre in lacrime. Alla testa del corteo, accompagnata dal passo lento e cadenzato dei numerosissimi rappresentanti delle forze dell'ordine e dei pompieri, la banda suonava inni funebri, ripresi poco dietro dalla voce grave e mesta dei cantori.

Monica camminava davanti al gruppo dei bambini, pallida, muta, il viso contratto in un'espressione di sgomento che la faceva sembrare già vecchia, aggrappata alla mano di Nicolò come se fosse l'unica cosa che poteva impedirle di andare alla deriva. Sbalzata chissà dove dalla vita, lontana anni luce dal luogo in cui si trovava solo pochi giorni prima, si era ritrovata all'improvviso senza la madre, senza la sorella, al fianco di un padre troppo devastato per fingere di essere forte. In balìa della disperazione e di crolli nervosi che lo sconquassavano, Carlo demoliva l'idea che Monica aveva sempre avuto di lui: una persona risoluta e coraggiosa, che teneva a bada le proteste della moglie, ma che tratteneva il respiro quando lei si arrabbiava per davvero.

Elena era in ospedale tra la vita e la morte, ma di Silvana non si era ritrovato nulla e Carlo non aveva avuto il coraggio di esaminare tutti i resti conservati all'obitorio. Monica non conosceva i dettagli e, a differenza di Nicolò, che insisteva per sapere quando Alvise sarebbe tornato a casa, non aveva chiesto nulla al padre, non mostrava impazienza, era apatica e si abbandonava senza interesse allo scorrere delle ore.

«Niente sarà più come prima» le aveva detto il padre.

E quelle parole le erano bastate, perché davvero non sapeva più orientarsi, chi cercare, in che direzione guardare, le regole da rispettare.

In quel mare di dolore, dietro alle decine di corone di fiori, dietro alla fila di carri militari, talmente lunga che gli ultimi non avevano lasciato il sagrato quando i primi già entravano nel cimitero, camminavano anche genitori e parenti che portavano le bare piccole dei bambini, come Giuseppe faceva con quella di Zeno, coperta di fiori. Camminava piano e a volte si fermava. Come se dimenticasse di mettere in movimento le gambe, restava là, assorto, con gli occhi bassi, la giacca scura sulla camicia immacolata, la fronte imperlata di sudore. Al suo passaggio la gente mormorava e tentava di lanciargli parole di ammirazione, ma niente lo distoglieva dalla sua lenta via crucis, né Ottavia rispondeva al posto suo.

Lei non esisteva più, non era più la moglie dell'integerrimo dottor Frattini, non era più la donna che con fierezza aveva imparato a essere elegante e riservata, ambiziosa e prudente. Non aveva più progetti, sogni, futuro. Era una bambola di pezza senza vita che camminava lentamente dietro all'unico feretro su cui le era concesso di piangere.

25

Berto non era più lo stesso dopo l'esplosione. E anche se il suo turbamento non era superiore a quello dell'intera città, tutti capivano che lui non sarebbe più tornato come prima. Non per l'udito danneggiato, né per quel taglio tutto sommato di poco conto che dalla tempia scendeva dritto verso il mento, no: quello che impressionava gli uomini del Circolo era che Berto non parlava quasi più e se ne stava seduto così, con lo sguardo smarrito e le mani abbandonate in grembo. Sembrava piccolo e vecchio.

«Ci vuole tempo» tentava di minimizzare la moglie, ma si capiva che qualcosa in Berto si era irrimediabilmente spezzato dopo che lo avevano trovato sotto i corpi di tre ragazzini che, facendogli da scudo, gli avevano salvato la vita.

Eppure, subito dopo i funerali, Berto era tornato al Circolo dove, muto e pallido, se ne stava nell'angolo più buio della sala, indifferente ai discorsi degli altri. Il metallo lucido e levigato del suo fischietto catturava tutta la scarsa luce che arrivava fin lì e di tanto in tanto lui lo toccava, come per assicurarsi che ci fosse ancora.

Non era solo, Berto, nella sua malinconia.

Nessuno aveva più voglia di sedersi nel cortile affacciato sulla piazza e, nonostante il caldo pesante e l'odore di umidità che saliva dalle cantine senza riuscire a portarsi dietro il fresco, tutti preferivano restare nella sala bassa, dove le voci erano più forti e i silenzi più soffocanti, sfregiati dai singhiozzi mal repressi dell'uno o dell'altro, assordanti e inconsolabili.

C'erano i morti, e poi chi avrebbe voluto farne parte, per quanto grande era lo strazio di aver perso un figlio o la moglie o la famiglia tutta intera. Ma sotto la sofferenza guizzava una rabbia dura, un'indignazione sorda davanti a un tale scempio.

Il sabato successivo era giorno di riunione, ma gli uomini arrivarono alla spicciolata ed erano troppo irrequieti per mettersi intorno a un tavolo; allora per lo più restarono in piedi, in gruppetti o appoggiati alle pareti annerite.

«Pare che ci fosse un uomo che trafficava nella pineta. Uno vestito di tutto punto» fece Sebastiano, che stava piantato in mezzo alla sala, con il cappello ficcato basso.

«Un inglese?» chiese un altro, ottenendo in tutta risposta un'alzata di spalle.

«Macché inglesi!» intervenne un ometto che si teneva aggrappato a un bicchiere di vino con entrambe le mani. «Se fossero stati loro a far scoppiare le bombe, non sarebbero stati lì, domenica, a godersi la giornata. Non li avete visti quelli sulla spiaggia? Erano in libera uscita, in maniche di camicia e pantaloni di cotone. Andavano a caccia di ragazze e quattro sono anche rimasti feriti.»

«È vero» annuì Jacopo con le mani in tasca, «mia moglie mi ha detto che uno è con un piede nella fossa.»

«Però mia cognata l'ha visto quell'uomo strambo, nella pineta, che tirava un cavo. Aveva l'aria losca, pare» fece Sebastiano con voce monocorde.

Poi tacque, assorto.

«Inglesi o no, io dico che questo è un attentato bello e buono» ribatté l'uomo con il bicchiere nelle mani.

«Solo delle bestie possono arrivare a tanto» si lamentò un ragazzo con un occhio coperto da una benda già sudicia.

«Perché? Non sono forse delle bestie quelli che ci vogliono mandare via di qua?» rispose Candido.

«Quelli dell'OZNA sono peggio delle bestie» disse l'uomo con il bicchiere tra le mani.

«Ma chi? I servizi segreti jugoslavi?» chiese il ragazzo abbassando istintivamente la voce.

L'uomo annuì con aria grave.

«Molo Carbone, Vallelunga, le altre esplosioni... Chi credi che ci sia dietro? E adesso Vergarolla!»

«Ma come si fa a sapere...» mormorò il ragazzo.

«Te lo dico io come si fa» disse Candido avvicinandosi alle sue spalle. «La barca con gli atleti jugoslavi è partita da Vergarolla mezz'ora prima dell'esplosione. Hai capito? Quelli lo sapevano che sarebbe scoppiato il putiferio e hanno mandato via la loro gente.»

Tutti lo ascoltavano attenti e Candido fece ancora qualche passo verso il centro della sala.

«E non è tutto» continuò, lanciando sguardi torvi a destra e a sinistra. «Mio cognato mi ha detto che mentre noi contavamo i morti e i dispersi, loro intanto brindavano.»

Candido si tolse il cappello, mostrando gli occhi di pece e, intorno, quell'alone scuro disegnato dall'insonnia e dal dolore. Tutti lo guardavano muti e in allerta.

«Proprio così» continuò con voce improvvisamente esausta, «in un'osteria appena fuori Pola, in campagna. Mio cognato si era fermato per bere un bicchiere, che aveva la gola crepata per la polvere della strada. E li ha trovati lì, quattro di loro, che brindavano alla morte degli italiani.» Nessuno osava neanche guardarlo. «E mio cognato il croato lo capisce e lo parla» concluse, lapidario, per spazzare via qualsiasi obiezione.

Il ragazzo si prese la testa tra le mani e cominciò a scuoterla piano, mentre chiudeva forte gli occhi. Sebastiano gli appoggiò una mano sulla spalla per consolarlo, perché sapeva che si era innamorato di una ragazza jugoslava e solo una settimana prima batteva i pugni sul tavolo del Circolo, affermando che i buoni e i cattivi c'erano da entrambe le parti e sparare nel gruppo non serviva a nessuno.

«Beh, se è per questo, anche ai fascisti italiani farebbe comodo farci fuori» disse di punto in bianco l'uomo con il bicchiere tra le mani.

«Ai fascisti?» si stupì Jacopo.

«Proprio così» continuò l'altro, dopo aver svuotato il fondo del bicchiere. «Fanno l'attentato e poi danno la colpa agli Alleati. Dicono che gli esplosivi erano mal custoditi, che magari c'erano gli inneschi, oppure addirittura che ce li hanno rimessi.»

«E poi?» chiese Jacopo.

«E poi ricominciano la guerra, visto che quella di prima non è andata come volevano.»

«Allora potrebbero esserci anche i fascisti croati dietro questo attentato» intervenne Sebastiano.

«Gli Ustascia? E perché?» si rianimò il ragazzo seduto al tavolo. «Quelli non sono né titini né italiani. Perché dovrebbero prendersela con noi?»

«Mah, chi lo sa...» fece Sebastiano appoggiandosi al tavolo con le braccia tese e chinandosi su di lui. «Magari vogliono metterci uno contro l'altro, italiani contro titini, così la fanno scoppiare anche loro una guerra e si riprendono il potere.»

«E se invece non fosse stato nessuno di questi qua?» prese a dire il ragazzo. «Né gli inglesi, né i titini, né i fascisti. Se l'esplosione fosse stata un incidente?»

«Le esplosioni, vuoi dire» intervenne Jacopo. «Non c'è stato un colpo solo. Ci sono stati altri scoppi più piccoli prima del botto più grande. Li hanno sentiti in tanti.»

«Io c'ero» fece il ragazzo toccandosi la benda, «e quello che ho sentito erano degli spari. L'esplosione è stata una sola.»

«Uno, due, dieci» disse Jacopo stringendosi nelle spalle tristemente, «cosa cambia? Non è stato un incidente.»

«Come si fa a sapere...» ripeté il ragazzo.

«Il dottor Frattini ce l'ha spiegato» fece Sebastiano spazientendosi. «Quegli esplosivi erano disinnescati. Non c'erano detonatori, né micce. Gli inglesi li hanno controllati e ricontrollati.»

«Non potevano esplodere da soli» concluse Candido spalancando le braccia in un gesto di vaga esasperazione. «Mettila come vuoi, prenditela con chi ti pare, ma qui dietro c'è la mano di qualcuno. Non è stato un incidente.»

Candido ripeté la frase scandendo bene le parole, prima di proseguire.

«Qualcuno, quella roba lì, l'ha voluta. L'ha preparata e non ha fatto marcia indietro neanche quando ha visto che la spiaggia era piena di bambini.»

«Ma chi ci vuole così tanto male?» fece il ragazzo con la voce spezzata dal pianto, premendo la mano sull'occhio leso. «Non ho mai offeso nessuno, io.»

E planò su di loro una profonda tristezza, un sentimento di ingiustizia nel sapersi tanto odiati, considerati una massa senza volto di indesiderabili, bersaglio di rappresaglie che travolgevano ormai anche i bambini e rendevano la loro vita insicura ovunque.

«Siamo italiani. E questo basta» disse Candido girando la testa a destra e a sinistra. «Puoi essere la persona più brava del mondo, resti un italiano. Di te, di noi, l'unica cosa che vedono quelli è che noi siamo italiani e che dobbiamo tornare in Italia.»

«Ma siamo già in Italia» ribatté Jacopo mollemente.

«No!» disse perentorio Candido sbattendo il cappello sul

tavolo. «Non siamo più in Italia. In Italia nessuno fa saltare in aria i bambini con le bombe.»

Tutti si zittirono e si udì il respiro forte e affannoso di Berto che si aggrappava al suo fischietto con la mano tremante. E come era successo spesso in quei giorni dopo l'attentato, gli uomini restarono immobili, le spalle basse, i corpi curvi e arresi, come statue di un presepio triste, mentre cercavano di accettare l'irreparabile, di sormontare il muro alto e compatto dell'incredulità.

Sebastiano fissava le sedie vuote, il rettangolo luminoso della porta che teneva fuori i rumori della città e si apriva sulla piazza inondata dal sole, lasciando loro in balìa di quella disperazione senza nome. Quella carneficina lo aveva sconfitto e cercare il colpevole non bastava a placare il dolore. Era un gesticolare vano e sterile a cui si sommava una paura crescente e fino a pochi giorni prima inammissibile. Nella mente gli si affollavano dubbi e domande su cosa fosse meglio fare ma, nonostante ne sentisse l'eco rabbiosa, non riusciva più a dar retta ai princìpi tanto testardamente difesi sul diritto degli italiani di restare in Istria.

«Quel dolore lì è contro natura» gli aveva detto Rita il giorno dei funerali, guardando da lontano Giuseppe e Ottavia dietro la bara di Zeno. Poi si era girata lentamente, lo aveva guardato seria e gli aveva detto: «È ora di partire.»

Dopo non ne avevano più parlato, ma quegli occhi Sebastiano non li aveva dimenticati. Non ne avevano più parlato, come non parlavano delle teorie che circolavano sui presunti colpevoli, dei discorsi che si tenevano al Circolo, discorsi fatti delle stesse frasi ripetute all'infinito, che senza poter mai arrivare a una conclusione non generavano altro che nuova diffidenza, nuovo dolore, un sentimento di insicurezza sempre più solido.

In quel dolore, però, non erano tutti uguali e, di fronte al miracolo di essere scampati alla morte, Sebastiano non provava solo gratitudine, ma anche un indicibile senso di colpa, per aver esposto la sua famiglia a un rischio mortale, per non aver saputo vedere le avvisaglie o non aver voluto ammettere tutto l'odio che li circondava, per aver continuato a difendere la propria posizione a voce alta, tronfio, ottuso, cieco. Non aveva forse sbagliato in modo imperdonabile a voler restare? Come gli era potuta sfuggire la determinazione omicida del nemico? Non aveva anche lui un po' di sangue sulle mani, per tutti i discorsi tenuti proprio in quella sala, con cui aveva convinto anche gli indecisi a non abbassare la testa, a non partire?

Scosse la testa piano: no, nessuno aveva capito che gli avversari erano pronti a tutto. E gli tornò in mente il volto pallido di Alvise, la voce spezzata e quasi impercettibile con cui gli aveva raccontato gli ultimi istanti di vita di Zeno, e i suoi occhi grandi e pieni di lacrime, quando si era trovato davanti Nicolò incolume. Come avrebbero potuto i suoi figli ricostruirsi una vita là, su quel campo di macerie?

Sebastiano guardò Berto con avvilimento. Resistere, combattere, sperare, gli sembrarono parole senza senso, altisonanti e vuote, così inconsistenti che si stupì di averci creduto, anche solo per un attimo.

«E adesso?» gli aveva chiesto Carlo sconsolato, con gli occhi lucidi e il cappello stretto in mano, mentre seguivano Monica dietro il carro funebre che portava vicine le bare di Anna e di Agnese. «Come la tiro su questa figlia da solo?»

Sebastiano non aveva saputo rispondere, perché qualsiasi parola di consolazione gli pareva insufficiente e offensiva.

"Lontano da qui" aveva pensato in quel momento. "Lontano da qui."

26

Pola, febbraio 1947

Il tavolo era stato smontato con cura, i piedi erano legati insieme con una grossa corda e il piano era disposto in verticale, incastrato in un mucchio scarno di oggetti, che comprendeva una cassa piccola di pentole e stoviglie, la testiera del letto con i medaglioni di peltro, un cassone con alcuni attrezzi da falegname.

Asciugandosi gli occhi, Rita accarezzò con un gesto lento e affettuoso la macchia scura che tante volte aveva chiesto a Sebastiano di togliere dal legno del tavolo. Aveva dovuto rinunciare allo specchio, troppo fragile, e ai preziosi comodini, perché non era possibile smontarli, con il loro piano di marmo cementato alla base, e si era rassegnata a regalarli al nuovo parroco.

Alla fine, come tutti temevano, i damerini con i capelli impomatati mandati a Parigi alla Conferenza di pace avevano calato le braghe di fronte agli Alleati e non erano riusciti a ottenere per l'Italia nemmeno una delle tante rivendicazioni con cui si erano riempiti la bocca alla fine della guerra. L'Istria tutta intera era stata ceduta alla Jugoslavia e in poche settimane decine di migliaia di italiani si erano decisi in blocco a partire e ad abbandonare Pola e le altre città della costa, organizzando navi e treni speciali.

Avevano raccolto in fretta i loro averi, imballato mobili e

suppellettili, riempito l'aria del suono incessante dei martelli, inchiodando casse da portare via e finestre da lasciare chiuse, in case che non avrebbero abitato più.

Sebastiano arrivò trascinando un grosso fagotto che buttò con forza sopra gli altri, lo sistemò alla meno peggio e fece un passo indietro per esaminare scontento quell'ammasso instabile che costituiva ormai tutta la loro proprietà.

Quando il fischio prolungato di un treno spaccò l'aria in due, Nicolò, seduto su uno dei sacchi di iuta, si portò le mani alle orecchie e ficcò la testa nelle spalle, mentre Alvise continuava imperterrito a rimestare con il piede la neve melmosa che ricopriva la banchina.

Il rumore di ferraglia fu inghiottito dallo stridio acuto e lungo dei freni, poi la stazione ripiombò nel laborioso silenzio di quella partenza di massa che stava sfigurando lentamente la città.

Alvise tornò a sedersi accanto al fratello, appoggiando la stampella sul cumulo dei bagagli. Sebastiano gliel'aveva fabbricata con un ramo vecchio di olivo: l'aveva levigata meticolosamente, stendendo più strati di una vernice dura che aveva finito per conferire a quello strumento un'incongrua eleganza. I medici avevano detto che Alvise ne avrebbe avuto bisogno per mesi, forse anni.

«Chi può sapere di quali miracoli è capace il corpo di un bambino che cresce!» avevano aggiunto infine, prima di dimetterlo.

Ma qualcosa di più pesante, che non aveva niente a che vedere con lo sviluppo delle ossa o con le possibilità di guarigione dei tessuti, impediva ancora ad Alvise di provare anche solo per qualche passo a disfarsi di quel sostegno.

Rita si avvicinò ai figli e sistemò per l'ennesima volta la coperta pesante che riparava le loro gambe dal freddo pungente. Alvise fece una piccola smorfia di dolore che non sfuggì alla madre, facendole salire di nuovo le lacrime agli occhi.

Si udivano di tanto in tanto il nitrito di un cavallo, raffiche brevi di martellate, l'avanzare pesante e lento di un carro che si avvicinava ai binari carico di masserizie.

«Ci volevano più chiodi» borbottò Sebastiano continuando a guardare il mucchio instabile dei loro pochi averi con aria preoccupata.

«Quelli, ci hanno dato» rispose Rita mestamente, sospirando al pensiero che le autorità slave, pur di agevolare la loro partenza, avevano dato agli italiani perfino i chiodi per chiudere le casse, ma li avevano misurati a peso e ne avevano distribuiti solo tre etti per famiglia.

«Se avessimo avuto un posto sul piroscafo forse potevamo portare di più» continuò a lamentarsi Sebastiano.

«Non avevamo un granché di più» mentì Rita amaramente, perché quella cernita fatta in fretta e furia l'aveva ferita a morte.

Solo la convinzione di non poter sopravvivere ai ricordi e alla nostalgia che emanavano gli oggetti l'aveva consolata di quello spoglio. Ma le lacrime continuavano a chiuderle la gola e risalivano dolorose davanti alla sconfitta di quella gente in fuga. Le sembrava una scena già vista tante volte negli anni precedenti: popoli in fila, esodi forzati, intere città svuotate perché distrutte dalle bombe o per la paura di nuovi attacchi. Tutto intorno gli stessi volti grigi, i bambini calmi, come storditi, seduti in file strette sui carri alti o tra i fagotti già lerci, le donne chiuse in cappotti austeri, i fazzoletti stretti sotto il mento e le mani gelate. Questa volta, però, le bombe non erano cadute dal cielo e il nemico non era di fronte a loro con il fucile spianato, ma se ne stava invece comodamente seduto nei palazzi del potere sventolando un documento ufficiale.

Rita vedeva sé stessa nello sconforto altrui e provava una pena senza fine, un senso di ingiustizia e umiliazione così grande che le pareva di non respirare.

«Non siamo fuggiti a causa della guerra e ora ci tocca fuggire a causa della pace» aveva detto a Sebastiano qualche sera prima.

Scendevano rari fiocchi di neve che non imbiancava la fanghiglia tra i binari ma profumava l'aria di inverno. Il cielo era di latte, grande come solo le città di mare conoscono, e Rita non smetteva di guardarlo con gli occhi pieni di lacrime e il naso crepato dal freddo. Nicolò la osservava inquieto, ma Sebastiano non poteva alzare lo sguardo su di lei, tanto l'avvenire gli pareva incerto e ostile.

Alvise fissava la gente intorno, con uno sguardo senza curiosità, che si appoggiava lieve e triste sulle cose. Sebastiano gliel'aveva spiegato che non si poteva più restare, che bisognava ricominciare altrove, perché lì a Pola per loro non c'era futuro, e Alvise non aveva protestato.

«Tanto qui non c'è più nessuno» aveva risposto, stringendosi nelle spalle.

Monica non aveva più voluto incontrarla, né Sergio o Lorenzo, rimanendo sempre indifferente alle insistenze di Rita, che lo pregava di dare il giusto peso alla propria invalidità di fronte ai lutti atroci subiti dagli altri, al volto sfigurato di Sergio, alla cecità di Lorenzo. Alvise non provava lo stesso disagio della madre ad accettare di essere scampato a quella tragedia, quando tanti vi avevano perso tutto, né lo preoccupava quella gamba menomata per sempre. Eppure, alle domande di Rita non sapeva rispondere se non con dinieghi irremovibili e silenzi definitivi, che a poco a poco avevano vinto su tutto. Con Sergio e con Lorenzo non avrebbe saputo trovare una giustificazione valida per spiegare perché si erano ritrovati anche loro nella pineta, invece di essere in spiaggia o meglio ancora in acqua, forse non al sicuro, ma almeno lontano dalle fiamme. E Monica, ecco, gli pareva di non conoscerla più, e dunque partire non gli sembrava peggio che restare.

Un facchino con un pastrano scuro che emanava un odore stantio di umidità e legna bruciata si avvicinò a Sebastiano e gettò un'occhiata sommaria al mucchio alle sue spalle.

«Dove andate?» chiese bruscamente.

«Via di qua» rispose Sebastiano con enfasi.

«Come tutti gli altri» rispose l'altro senza compassione, «ma io devo sapere dove caricare questa roba. Su che treno.»

Sebastiano tergiversava tenendo la mano sulla spalliera del letto.

«Allora?» fece l'altro spazientito. «Su che treno vi metto la roba?»

«Il primo treno che va in Italia» disse Sebastiano.

«Allora va bene Trieste?»

«Trieste?»

«Sì, Trieste. È la prima città in Italia» rispose l'uomo facendo un gesto vago verso il treno che stazionava sul binario di fronte a loro.

«No!» sbottò Sebastiano. «Trieste no.»

«E allora dove?»

Sebastiano si voltò intorno inquieto, ma senza guardare Rita. Dopo aver deciso, come tanti, di partire, in quelle settimane di scelte sofferte, di bagagli fatti in fretta e mobili smontati, lui e Rita non si erano più parlati e non avevano nemmeno pensato a una destinazione. In Italia non avevano amici ad aspettarli e tutti i loro parenti si trovavano nella loro stessa condizione: italiani in Istria da sempre, adesso esuli. La partenza era dunque decisa, inevitabile e incombente. Ma senza meta.

«Se non avete ancora deciso, intanto vi conviene andare a Trieste» riprese il facchino infastidito per l'attesa. «Al porto potete anche lasciare le vostre cose. Hanno allestito un magazzino apposta. Il magazzino 18. L'Ufficio Esodo vi tiene le vostre cose lì e poi voi decidete con calma dove volete andare.»

«No» rispose Sebastiano risoluto.

L'idea di lasciare le loro cose accatastate in un magazzino qualunque, mischiate insieme a quelle degli altri, per andare alla ricerca di un posto dove stare, significava vagabondare per l'Italia non solo senza futuro ma anche senza passato e avrebbe solo prolungato l'agonia. Non era immaginabile per Rita e non era accettabile nemmeno per lui.

«No, Trieste no» riprese più convinto. «Non vogliamo fare tappe. Vogliamo andare il più lontano possibile dal mare.»

«Lontano dal mare» gli fece eco il facchino, spazientito.

«Sì. Quella là» insistette Sebastiano puntando il dito in direzione di Vergarolla, «è l'ultima spiaggia che voglio vedere in vita mia. Ha capito?»

L'uomo annuì con gravità e guardò Rita che si asciugava gli occhi di nascosto.

«Allora c'è un treno che parte oggi pomeriggio e va dritto a Torino» fece il facchino con voce più quieta. «Ci vogliono due giorni di viaggio e costa tre volte di più, ma lì sarete lontano dal mare.»

Poi, senza aspettare la risposta di Sebastiano, si allontanò, perdendosi tra la folla. Rita si sedette accanto a Nicolò, che le prese piano la mano e si appoggiò lievemente contro di lei. Sebastiano si voltò dall'altra parte e finse di armeggiare ancora intorno al bancale per nascondere l'emozione che gli riempiva gli occhi.

Tra la gente che affollava il binario di fronte Sebastiano vide Giuseppe e Ottavia. Non avevano casse o fagotti o sacchi, ma solo una valigia pesante che portava Giuseppe e una più piccola che teneva invece Ottavia. Camminavano senza fretta e Ottavia si aggrappava al braccio del marito proprio come durante il funerale.

Seguendo lo sguardo di Sebastiano, anche Rita si accorse di loro e senza volerlo ammirò l'elegante cappellino di feltro che Ottavia indossava e che la faceva spiccare su tutte le altre donne. Non erano gli abiti, però, a far sì che Giuseppe e Ottavia si distinguessero nella folla, né il portamento un po' rigido o le scarpe di buona fattura: quello che li rendeva diversi era che, a differenza di tutti gli altri, non portavano quasi niente in quel viaggio che anche per loro – nessuno ne dubitava – era senza ritorno.

Quella semplicità lasciò Rita assorta. Guardò i figli e poi di nuovo Ottavia e, mescolata alla vergogna di avere a lungo confuso il benessere materiale con la felicità, provò una gratitudine sincera di fronte alle opportunità che la vita ancora le offriva. Niente proteggeva dai colpi di mortaio del destino, né il denaro né la povertà, e se a qualcuno era dato anche il superfluo, altri mancavano dell'essenziale; eppure, se c'era qualcosa che Rita pensava di aver capito in tutto quell'affannarsi della vita, era che la colpa più grande consisteva nel non ringraziare per quello che c'era, credendo sempre di poter avere di più.

Il collo curvo di Ottavia, quell'incedere faticoso, come gravata da un peso invisibile, le ricordò che il niente e il tanto, l'utile e l'inutile, il necessario e il futile, erano per tutti diversi e che se, in fin dei conti, non si poteva conoscere che il proprio dolore, era disumano non vedere anche quello degli altri. Lei sapeva cosa significava lasciare la propria casa, sapeva che il tempo e una feroce fame di vita avrebbero permesso ai superstiti di andare avanti e a tutti loro di ricominciare altrove. Ma non sapeva cosa significasse partire dalla terra che custodiva i resti dei propri figli, e non poteva nemmeno immaginare come doveva essere una vita lunga e terrificante, straziata da una sofferenza continua e inguaribile in cui la nostalgia della patria si sommava a quella degli affetti e alla consapevolezza di non avere nemmeno una tomba su cui piangere.

Sebastiano incrociò lo sguardo di Giuseppe, uno sguardo limpido e sereno, eppure indecifrabile e lontanissimo. Giuseppe inclinò il capo, in un movimento lievissimo che accompagnò con un cenno della mano, che non arrivò fino alla falda larga del cappello per non lasciare scivolare via quella della moglie, abbarbicata al suo braccio. Sebastiano si tolse il berretto di lana e, stringendolo tra le mani, fece lo stesso breve movimento del capo. Poi li guardò salire sul treno fermo al binario: prima Ottavia, poi Giuseppe.

Dietro di loro nessun altro.

27

Terni, settembre 1961

«Questa domenica porto Vittorio a casa» cinguettò Alessandra gonfiando il petto.

«Quanta fretta!» disse Chiara. «Voi giovani non sapete proprio aspettare.»

«Aspettare? Che cosa c'è da aspettare?» si rabbuiò Alessandra. «L'ospedale mi ha assunta, Vittorio ha il suo bel posto in acciaieria. Io dico che abbiamo fin troppo la testa sulle spalle!»

«Ma va' là, che vi conoscete solo da due mesi» rise Greta.

«Tu stai zitta» le rispose Alessandra allegra, «che hai lasciato Aldo là ad aspettarti a Bologna, e chissà se lo ritrovi. Lontano dagli occhi lontano dal cuore!»

Greta, improvvisamente triste, abbassò lo sguardo senza rispondere e in silenzio buttò giù un sorso di caffè bollente.

«Ognuno fa a modo suo» intervenne Fabiana, «troppo in fretta o troppo piano… chi è che decide cos'è bene?»

«Mah, sarà…» fece Chiara sistemando lo chignon davanti a un piccolo specchio appeso vicino alla finestra. «Ma io dico che le cose fatte bene hanno bisogno del loro tempo.»

Poi sospirò tra sé e sé, lisciò il camice e appiattì il colletto inamidato già impeccabile, senza mancare di accorgersi che Alessandra, alle sue spalle, alzava gli occhi al cielo in un'espressione di divertita esasperazione.

«Ci resterà male il giovanotto sardo, quello che hanno operato l'altro giorno di appendicite!» rise Fabiana. «Secondo me un pensierino ce l'aveva fatto!»

«Ma quello non ce la fa a mettersi in piedi prima di domenica!» esclamò Greta con un sorriso tirato. «E Alessandra, non aspetta nessuno. Chi c'è, c'è!»

Tutte scoppiarono a ridere e Alessandra più forte delle altre, mentre si ravvivava i capelli passando le mani tra i riccioli biondi.

«Cos'è questa caciara?»

La voce di Livia planò su di loro ottenendo subito il silenzio imbarazzato delle quattro infermiere. Alessandra, Fabiana e Greta si alzarono, sgombrando prontamente il tavolo di tazze e briciole, mentre Chiara fece un passo verso la caposala mettendosi quasi sull'attenti. Piccola di statura e minuta di costituzione, Livia le guardava tutte dal basso, ma con un'espressione così severa che da sola bastò a cancellare anche l'ultima ombra di allegria che si attardava sul viso di Alessandra. Il sole entrava di sbieco disegnando una linea luminosa sulla parete. La caposala avanzò verso il centro della stanza e appoggiò sulla cassettiera dei medicinali una pila di camici stirati. Un sentore di disinfettante si sprigionava dal tessuto immacolato, mescolandosi al profumo ancora estivo dell'aria che entrava dalla finestra socchiusa.

«Ecco i camici puliti dei medici» disse Livia dando un'ultima lisciata agli indumenti. «Mi fate la cortesia di ritirare quelli da lavare» aggiunse infine, senza rivolgersi a nessuna in particolare ma a tutte senza eccezione.

«Ecco qua!» fece Alessandra chinandosi svelta su una sedia spinta contro il muro, afferrando tre camici sommariamente piegati e allungando alla caposala il mucchio di tessuto bianco. «Io ho già preso quelli del dottor Frattini, di Proietti e della dottoressa Bevilacqua.»

«Dottor Proietti» la corresse Livia, mentre verificava le targhette cucite sul collo.

Alessandra fece un piccolo cenno della testa per scusarsi.

«Hai guardato che non ci sia niente nelle tasche?» chiese Greta un po' stizzita.

Alessandra le lanciò uno sguardo confuso.

«No...» ammise vergognosa restando con le braccia abbandonate lungo il corpo.

«Allora guarda!» la sollecitò Fabiana.

Alessandra riprese rapida i camici e si mise a frugare le grandi tasche sul davanti e il taschino sul petto, dove i medici dimenticavano spesso una penna e perfino gli occhiali. Poi riconsegnò rapidamente i camici del dottor Proietti e della dottoressa Bevilacqua e restò con quello del dottor Frattini appoggiato sul braccio.

«Ah!» esclamò la ragazza con un'allegria che contravveniva alla serietà imposta dalla caposala. «Guarda qua!» e rimase con la mano sospesa a mezz'aria mostrando a tutte un calzino piccolo, di bambino, a righe bianche e rosse, dai colori leggermente sbiaditi.

«Il calzino...» disse Greta con voce atona.

«Il dottor Frattini!» disse Alessandra divertita guardando l'etichetta. «E chi altri potrebbe fare una stramberia del genere?» Nessuna rispose, ma Alessandra non fece caso al loro volto contrito né allo sguardo indignato di Livia. «Più che strambo» continuò imperterrita Alessandra sventolando con noncuranza il calzino, «il dottor Frattini a me sembra svagato. Ecco, sì, con la testa per aria. E non sono mica l'unica a dirlo, eh! Ne ho sentite certe, dopo il turno di notte...»

«Ne hai sentite certe...» ripeté Livia sbalordita.

«Eccome!» fece Alessandra. «Dicono che ci sono periodi in cui vive praticamente in ospedale. C'è da chiedersi...»

Ma non riuscì a terminare la frase che Chiara le si parò

davanti, la guardò con espressione grave e le fermò la mano con cui sbandierava il calzino. Alessandra si ammutolì e cercò intorno una qualche spiegazione, ma trovò solo lo sguardo offeso di Livia e le espressioni tristi delle altre.

«Basta così» le disse Chiara piano.

«Ma cos'ho detto di male? In fondo ce n'è da dire su tutti i dottori» protestò Alessandra debolmente.

«Questo calzino non è una stramberia. È una reliquia» fece Chiara guardandola negli occhi.

«Una reliquia?»

«Appartiene al figlio del dottor Frattini» iniziò a raccontare Chiara in un sussurro. «Aveva sei anni quando è morto nella strage di Vergarolla, una località vicino a Pola, in Istria. Un attentato di cui forse tu, come tanti altri, non sai niente, ma che ha ucciso decine di persone, tra cui molti bambini. C'è stata un'esplosione violentissima sulla spiaggia, poi un incendio nella pineta lì vicino, e di lui è rimasta solo una scarpetta. Una scarpa e questo calzino. Anche l'altro figlio del dottore è morto nell'attentato. Aveva undici anni e non è sopravvissuto perché le sue ferite erano gravissime. Il dottor Frattini e sua moglie avevano solo quei due figli, e non ne hanno avuti altri in seguito.»

Alessandra ascoltava sempre più turbata. Il mento le tremava impercettibilmente, le mani erano diventate fredde.

«Vedi, Alessandra» continuò Chiara senza smettere di stringerle la mano, «il dottor Frattini non è affatto strambo, e se ti sembra diverso è perché è infinitamente più coraggioso di tutti noi. È un eroe. Ha ricevuto medaglie e onori, sai? Perché in quei momenti terribili, quando dei suoi figli non sapeva nulla, e anche quando poi ha saputo, lui è rimasto in ospedale, al suo posto, in sala operatoria. E ha continuato a operare per due giorni di fila, a salvare vite, a curare i figli degli altri, mentre i suoi erano morti, a dare speranza ad altre famiglie, mentre la sua era distrutta per sempre. La moglie non si è mai ripresa e da allora vive ritirata, assorta nella preghiera e impegnata in opere di carità. Due volte all'anno va in una casa di cura sulle Dolomiti per riposare i nervi e quelle sono le settimane in cui il dottor Frattini "vive in ospedale", come dici tu.»

«Io… io… non sapevo» si mise a balbettare Alessandra. «Non avrei mai riso, non avrei… mi dispiace.»

Le braccia di Alessandra ricaddero pesanti lungo i fianchi, lasciando nella mano di Chiara il calzino, leggero come un foglio di carta.

«No, non lo sapevi» intervenne Livia con voce severa, «ma quando non si sa, bisogna avere l'intelligenza di tacere.»

Alessandra abbassò lo sguardo mortificata, mentre un silenzio contrito invadeva la stanza.

«Non bisogna giudicare dalle apparenze. Chiacchierare» continuò la caposala, scandendo quell'ultima parola con il mento alzato e un'espressione dura di rimprovero. «Perché ogni volta che si parla senza sapere e si appiccica addosso alla gente un'etichetta, spesso si sbaglia.»

«Mi dispiace, non volevo…» sussurrò Alessandra.

«Ogni persona si porta dentro esperienze che noi non conosciamo e non possiamo giudicare» si rabbonì Livia. «Con quello che ci è dato di vedere si conosce sempre poco degli altri, e quasi mai le cose più importanti.»

Arrivavano dalle corsie i rumori delle inservienti che distribuivano la colazione e un odore forte di caffè che si mescolava a quello, sempre presente, dei medicinali. Greta e Fabiana uscirono in fretta dalla stanza senza dire una parola, tuffandosi nella luce bianca che inondava il corridoio.

«Signorina Livia, eccola qui.»

La voce di Giuseppe si insinuò nella stanza, chiara e pacata. Le tre donne trasalirono impercettibilmente e più di tutte Alessandra che abbassò lo sguardo a terra e nascose senza motivo le mani dietro la schiena.

«Dottor Frattini, mi cercava?»

«Eh, sì, ho ancora bisogno del suo aiuto» sorrise quieto Giuseppe. «Nell'ambulatorio non trovo né il camice in uso, né quello pulito.»

Alessandra osservava con occhi nuovi il volto sereno e irrimediabilmente triste di Giuseppe, le guance smunte e rasate con precisione, i capelli ingrigiti sulle tempie, il corpo un poco curvo, come anche le spalle nella giacca troppo pesante per la stagione.

Giuseppe si passava la mano sul mento con il fare di chi non prende niente alla leggera, accordando spazio a ogni dettaglio.

«Ha ragione, dottore» disse Livia con solerzia. «Non li trova perché sono qui. Ecco il camice pulito.»

E con un gesto svelto prese dalla pila di indumenti stirati un camice immacolato che spiegò con un gesto ampio delle braccia.

«Grazie» sussurrò Giuseppe e intanto si tolse la giacca, la appoggiò su una sedia e, dando la schiena alle tre donne, lasciò che la caposala lo aiutasse a infilare una manica, poi l'altra e poi, alzandosi appena sulla punta dei piedi, sulle spalle ossute.

E prima che Livia completasse quella successione di gesti mille volte compiuti, Chiara si avvicinò discretamente e lasciò scivolare il calzino nella tasca destra del camice senza che il dottore se ne accorgesse.

Poi, allontanandosi di un passo, l'una e l'altra guardarono il dottore che abbottonava lentamente il camice, portava la mano alla tasca destra e con un gesto lieve, quasi una carezza, si accertava che il calzino fosse al suo solito posto. Quindi riprese la sua giacca sull'avambraccio, si voltò, ringraziò con un sorriso buono, si guardò intorno, con l'aria di chi cerca ancora qualcosa da dire, e si accorse di Alessandra.

«Buongiorno, dottor Frattini» lo precedette lei.

«Buongiorno, signorina. Lei è la nuova infermiera?» le chiese, rivolgendosi un poco anche a Livia.

«Sì. Sono Alessandra. Alessandra Moretti. Sono qui da poco. E sono molto contenta.»

Se Giuseppe l'avesse conosciuta meglio o se avesse assistito alla conversazione che si era tenuta nella stanza pochi minuti prima, si sarebbe accorto dell'insolito nervosismo della sua voce, che la faceva vibrare di una tensione quasi impercettibile.

«Bene, bene, ci vuole questo entusiasmo per lavorare in ospedale, che qui ne vediamo di tutti i colori. Sono sicuro che la signorina Livia è d'accordo con me. No?» fece Giuseppe guardando la caposala dritta e tesa di fianco ad Alessandra.

«Eccome, dottor Frattini, eccome!» rispose Livia annuendo con convinzione.

Giuseppe rimase un attimo immobile come se stesse inseguendo un pensiero nuovo, poi scosse appena la testa e si voltò dirigendosi verso il corridoio. Era già sulla soglia quando ritornò sui suoi passi e si fermò di nuovo davanti alla giovane infermiera.

«Quanti anni ha, signorina?» le chiese di punto in bianco.

«Ventiquattro, dottore» rispose Alessandra, un po' sorpresa.

«Ventiquattro...» ripeté piano Giuseppe. «Potrebbe essere mia figlia.»

Le tre donne restarono immobili e sembrò che avessero smesso di respirare, mentre il sole scaldava tiepido le loro spalle.

«Bene. Mettiamoci al lavoro! C'è molto da fare qui» riprese Giuseppe, lasciando ancora una volta che la tristezza del viso facesse posto a un sorriso dolce. «Ma vedrà, si troverà bene.»

E senza dire altro, senza aspettare che Alessandra rispondesse, senza accorgersi dei grandi movimenti del capo che Livia aveva ripreso a fare in segno di assenso, senza neanche alzare su di loro gli occhi discreti e allo stesso tempo risoluti, senza combattere contro i ricordi, compagni di viaggio fedeli e multiformi, sempre pronti a invadere il presente e poi a metterlo a distanza, Giuseppe sussurrò un saluto e uscì dalla stanza.

E in quei secondi di silenzio, mentre Livia e Chiara avevano distolto lo sguardo e incurvato un poco le spalle, Alessandra non aveva smesso di fissare il dottor Frattini, come se ancora non riuscisse a capacitarsi di come si potesse attraversare la vita portando sulle spalle un fardello così grande, come si potesse anche solo riuscire a pronunciare una parola che non fosse fatta di odio e di rivalsa, come si potesse continuare a curare i corpi e avere così tanto dolore nell'anima.

Livia se ne andò per prima, seguita da Chiara. Alessandra si trattenne per un attimo ad ascoltare i rumori familiari della corsia: una porta che sbatteva, un campanello che suonava con insistenza, un'infermiera che chiamava forte una collega. Avrebbe voluto restare là, con i suoi pensieri, ma tutto la chiamava. Allora sbatté le ciglia per asciugare gli occhi umidi, raddrizzò le spalle, lisciò la divisa sui fianchi e uscì dalla stanza per rituffarsi nel reparto, là dove la vita continuava.

Contenuti Extra

L'ultima spiaggia è un romanzo storico e come tale presenta personaggi di fantasia, collocati all'interno di un contesto storico reale. In particolare, la vicenda narrata è ispirata a un incredibile episodio, purtroppo ancora poco conosciuto, della nostra Storia.

Se vuoi conoscere meglio gli eventi storici che fanno da sfondo e si intrecciano alle azioni dei personaggi, **guarda i contenuti extra** inquadrando il codice qui sotto:

Troverai link, filmati e foto d'epoca per scoprire "la Storia dietro la storia".

Attenzione, però: ti consiglio di visitare questa pagina **solo dopo aver letto il romanzo,** altrimenti ti rovini il finale!

Grazie

Grazie per aver letto questo libro!

Se ti è piaciuto, spargi la voce e dillo ai tuoi amici. Se puoi, **lascia una recensione,** anche breve, su Amazon, o nel negozio online dove hai acquistato il libro, o sui tuoi canali social. In questo modo **aiuterai gli altri lettori** a scoprire un libro interessante.

Poi taggami o mandami il link alla tua recensione a info@libroza.com

Bastano davvero poche parole per fare una grande differenza. Grazie di cuore!

Restiamo in contatto

Se vuoi restare in contatto con me ed essere aggiornato in anteprima su nuovi libri in uscita, sconti ed eventi, **iscriviti alla Newsletter di Libroza** inquadrando il codice qui sotto:

Riceverai subito un mio libro in omaggio!

Printed by Amazon Italia Logistica S.r.l.
Torrazza Piemonte (TO), Italy

72828995R00127